激情

THE PASSION

珍奈·溫特森——著　葉佳怡——譯

Jeanette Winterson

你已經帶著狂暴的靈魂遠離了父母的家屋，
從海上的雙重巨岩之間穿越而過，
現在定居在了異國的土地。

——《米蒂亞》

目次

一

皇帝

正是因為拿破崙對雞懷抱了強烈的激情，才會讓他的所有廚師不分晝夜地工作。那伙房多誇張啊，裡頭有各種狀態的去毛禽鳥，有些還冷冷的掛在鉤子上，有些則在烤架上旋轉，但大多都浪費掉之後堆在一旁，因為皇帝忙得沒時間吃。

如此受食慾支配實在奇特。

那是我被分派的第一份工作。一開始我負責扭斷脖子，沒過多久，我的工作變成捧著大盤子跋涉過數英寸深的泥土，將大盤子帶去他的帳篷。他喜歡我，因為我矮。我開始自命不凡。他沒有不喜歡我。他這人除了約瑟芬之外誰都不喜歡，他喜歡她正如同喜歡雞。

沒有任何身高超過五英尺的人侍奉過皇帝。他只養嬌小的僕役和高大的馬。他熱愛的那匹馬有十七手[1]高，尾巴繞男人的脖子三圈後還能給情婦做一頂假髮。那匹馬有隻邪惡的眼睛，搞得馬廄裡死掉的馬夫數量幾乎跟餐桌上的雞一樣多。就算沒被那匹野獸輕鬆踢死，要是馬毛刷得不夠亮或馬勒生了綠繡，那些馬夫也可能遭到牠的主人拋棄。

「新政府一定要讓人讚嘆又驚奇，」他說。我想他是暗示了用來愚民的各種食物與娛樂。於是我們終於找著的馬夫果然就是來自馬戲團，而且他的身高只剛好能碰到馬的側身。他會用一把底座結實且頂端呈三角形的梯子刷洗那匹野獸，但真要騎馬時會直接一躍而上，穩穩落在馬匹閃亮的背部，就算牠用後腳直立著大吐鼻息，也無法把他甩掉，甚至是牠把鼻子埋進泥土裡、後腿往天主的方向踢高也沒用。接著他們會消失在沙塵滿天中，一人一馬共同行進好幾英里，那名侏儒就這樣緊抓住馬鬃毛，用沒人懂的滑稽語言激動高呼。

但他什麼都懂。

他能逗皇帝笑，馬也無法打敗他，所以他待了下來。我也待了下來。

1 用來量馬的一種長度單位，一手等於四英寸，大約十公分左右。

於是我們成為朋友。

某天晚上我們待在伙房帳內，鈴聲響起，聲音就像另一端正由魔鬼本人親自在搖鈴。我們全跳了起來，其中一人衝向烤架，另一人用長籤將雞肉固定在銀盤上，我則被迫重新穿上靴子，準備穿越泥土上一條條結凍車轍。那名侏儒笑了，說他寧可和那匹馬賭運氣，也不敢跟牠的主人賭，但我們都沒笑。

準備好的雞肉周遭灑滿西洋芹。廚師將這些西洋芹珍惜地收在一個死人的頭盔裡。

帳篷外雪花滿天，我覺得自己就像雪花世界玻璃球裡的模型小人，得用力瞇眼才有辦法一直看到遠方那個黃色光點，那是點亮拿破崙帳篷的光點。沒有其他人能在夜晚的這時候點燈。

燃油有限。這支軍隊不是所有人都有帳篷住。

我走進帳篷時，他正獨自坐著，前方有個地球儀。他沒注意到我，只是不停轉動那顆地球，轉了又轉，接著又用雙手溫柔捧住，彷彿那是一枚乳房。我快速咳了一聲，他突然抬頭望向我，臉上有恐懼。

「放下，離開。」

「不需要我把肉切開嗎？大人？」

「我可以自己來。晚安。」

我知道他是什麼意思。他現在幾乎不要求我切肉了。一旦我離開，他就會打開蓋子，抓起雞肉往嘴裡放。他希望自己的整張臉都是嘴，這樣就能塞下整隻雞。

到了早上，如果夠幸運的話，或許我還能找到剩下的許願骨[2]。

這裡沒有熱氣可言，只存在不同程度的寒冷。我不記得曾在膝前感受

2　許願骨的形狀是叉狀骨，兩人各自許願後一人拉一邊，獲得較大半邊的人能實現願望。

過火的熱氣。就算是在伙房，整個營區中最溫暖的地方，熱氣仍微弱到無法擴散，更何況帳頂還密布著各種銅製鍋具。我一週脫下襪子剪一次腳指甲，其他人就說我是個潮流雅痞了。我們是有著紅鼻子和藍手指的白人。

我們是三色旗[3]。

他這麼做是為了保持雞肉新鮮。

他利用冬季來儲藏雞肉。

但那是很久以前的事了。在俄國。

現在人們談論他的作為時，彷彿一切都有道理可言，彷彿就算是他最災難性的錯誤，都只是運氣不好或傲慢的結果。

其實就是一團亂。

像是重創、強暴、殺戮、屠殺、挨餓這些詞彙，都是足以將痛苦封鎖住的詞彙。關於戰爭的詞彙讀起來總是賞心悅目。

我在跟你說故事呢。相信我。

我想成為一名鼓手。

招募官給了我一顆胡桃，問我能不能用大拇指和另一根手指打開。我做不到，他笑了，他說鼓手必須有強壯的雙手。我攤開手掌，胡桃躺在我的掌心，然後請他也挑戰看看。他臉紅起來，要求一名中尉帶我去伙房帳。廚師打量了我瘦弱的身形，認定我不是個機靈的傢伙。每天有一堆不知哪來的肉必須用來做燉菜，而我不是能夠負責切肉的人。他說我很幸運，因為我是為波拿巴本人工作，有那麼一個讓人感覺前途似錦的瞬間，就一瞬間，我想像自己接受的是糕餅廚師的訓練，在那個畫面中，我正將糖和奶油一落落堆高。我們走向一座小帳篷，兩名木然的衛兵正站在入口

3 這裡指的是法國國旗的紅藍白三色。

簾幕的兩側。

「這是波拿巴自己的儲藏室，」廚師說。

帳幕內從地面到帳頂的空間都疊滿粗糙的木籠，面積大概一英尺平方，籠子之間有許多勉強只容一人通過的窄小通道。每個籠子內有兩、三隻雞，嘴喙和爪子都已被剪掉，一模一樣的眾多呆滯眼珠子穿過欄杆往外望。我的膽子不小，之前我們的農場也會為了便宜行事截除掉很多動物的肢體，但我沒料到會面對一片這樣的靜默。真的一點躁動的聲響也沒有。牠們跟死了沒兩樣，早該死了還比較好，但雙眼確實還活著。廚師轉身準備離開，「你的工作就是把牠們一隻隻帶出來，扭斷脖子。」

我溜去睡在碼頭上，四月初的熱氣在石頭上留下暖意，而我也已經旅行了好幾天。我睡著後夢見了很多鼓和一件紅制服。叫醒我的是一隻靴子，那隻堅硬的靴子閃閃發光，散發出熟悉的馬鞍氣味。我抬起頭看見那隻靴子躺在我的肚子上，正如同那顆胡桃曾躺在我的掌心。那位軍官沒看我，只是說，「你現在是個軍人了，以後會有很多機會睡在空曠的戶外。站起來。」

他抬腳在我努力爬起來時用力踢了我一腳，但眼神仍然直視前方，「屁股結實，很不賴。」

我沒過多久就聽說了他的名聲，但他從未找過我麻煩。我想是雞的氣味讓他不想靠近。

我打從一開始就想家了。我想念我母親。我想念家鄉的山丘，陽光會在照射山丘後蔓延整座谷地。我想念所有痛恨過的事物。在我家鄉的春天，田野間各處點綴著蒲公英，河流會在下了幾個月的雨後再次懶洋洋流動起來。軍隊的招募人員前來時，我們有群勇敢的傢伙笑了，除了紅色穀倉和我們養出來的那些乳牛，現在是該去看看其他事物了。我們立刻簽下從軍契，如果不會寫字的人就在文件上按下樂觀的指印。

我們的村莊每年都會在冬季尾聲燒起一個大火堆。我們已經花了幾週建造這個木柴堆，其中跟教堂一樣高的尖頂由破網和長滿蟲的木棧板組成。點火燃燒時會有很多酒，大家會在黑暗中和心上人不停跳舞，而且我們因為將要離開而獲得到點燃火堆的權利。隨著太陽落下，我們把五支火炬丟入柴堆中心。我口乾舌燥，聽見木頭被火點著後燒裂的聲響，最後總算看見火焰從柴堆頂竄出。真希望我是個聖人，有天使保佑，這樣我就能跳入火中，目睹我的罪孽全數燃燒殆盡。我有告解的習慣，但過程總是缺乏激情。這種事得打從心底去做，不然不如不做。

無論是參加慶典或努力工作時，我們都是個冷淡的民族。世間沒什麼能觸動我們，但我們渴望被觸動。我們會在夜裡清醒躺著，盼望黑暗分開後出現預言的異象。我們的孩子熱愛與人親近，這點嚇壞了我們，但我們會確保他們長大後跟我們一樣：就跟我們一樣冷淡。像這樣一個夜晚，我們的手和臉龐熱燙，這樣的夜晚讓我們相信明天可以看見罐中的天使，那座原本熟知的森林還會突然為我們顯現出另一條道路。

上一次升起這堆火時，有個鄰居想把自家的木板屋拆毀。他說那些木板不過是發臭的畜牲糞便、乾肉和蝨子的集合體。他說他打算一次燒光。他的妻子緊抓住他的兩隻手臂。那名女性身材高大，很習慣攪乳和田裡的工作，但就是阻止不了他。他用拳頭砸爛了那些陳年木板，砸到手變得像剝掉皮的羊頭。然後他整晚躺在火邊，直到清晨的風將冷卻的灰燼覆蓋在他身上。他沒再提起這件事。我們也沒再提起這件事。之後也沒人在篝火大會上見過他了。

我有時會想，為什麼我們沒人試圖阻止他。我想我們暗自希望他這麼做，希望他為了我們這麼做。我們希望他拆毀我們工時漫長的人生，讓我們重新開始。就是對世界敞開雙臂，從零開始。在波拿巴讓半個歐洲陷入火海時，本來我們有機會重新開始，但事實證明並沒有，而我們現在達成目標的機會比那時更小。

但我們又有什麼其他機會呢？

早晨到來，我們一行人帶著裝有麵包和熟成起司的行囊出發。許多女人和男人前來送行，他們眼裡有淚，他們拍拍我們的背說，從軍對男孩子來說是不錯的人生選擇。有個不管到哪都跟著我的小女孩拉住我的手，她的眉心因擔憂而緊緊皺在一起。

「你會殺人嗎？亨利？」

我在她身邊蹲下。「不殺人，露易絲，只殺敵人。」

「敵人是什麼？」

「不跟你站在同一邊的人。」

我們正啟程前往布洛涅，打算加入準備攻打英格蘭的大軍。布洛涅就是一座死氣沉沉的海港，這個鳥不生蛋的地方只有幾間妓院，但突然之間成了帝國的重要跳板。若是天氣晴朗，我們可以輕易看見距離這裡不到二十英里的英格蘭及她的傲慢。我們太清楚英格蘭人了，他們會吃掉自己的孩子，而且不把榮福瑪麗亞當一回事。我們知道他們會懷抱不得體的歡快情緒自殺。英格蘭人擁有歐洲最高的自殺率。這些我都是靠一名神父搞懂的。這些英格蘭人最愛吃約翰牛[4]的牛肉，也愛喝泡沫綿密的啤酒。這些英格蘭人甚至現在都還在肯特郡外海及腰的海水中，為了將舉世最精良的軍隊溺死而練習。

我們即將入侵英格蘭。

若有必要所有法國人都將被徵召入伍。波拿巴會抓起他的國家，如同擠海綿般將人力擠到一滴不剩。

4　約翰牛（John Bull）可以是代稱大英帝國的擬人化角色，但一開始主要專指英格蘭人，出自蘇格蘭作家約翰・阿布斯納特（John Arbuthnot）於一七一二年創作的小說作品。

我們都愛上他了。

剛到布洛涅時，我想抬頭挺胸地擊鼓帶領輝煌的縱隊進攻，儘管這份希望已然破滅，我卻仍覺得自己值得抬頭挺胸面對一切，因為我會見到波拿巴本人。他總會定期從杜樂麗宮來此喋喋不休地叨唸，像檢查集雨桶的普通人一樣檢視每片海域。侏儒多米諾說，待在他身邊就像是有陣強風吹過耳邊。他說這是德斯戴爾夫人[5]的說法，而她正是以見解正確聞名。她現在不住法國，波拿巴把她放逐了，因為她抱怨他審查劇院的演出內容，而且還打壓報紙。我曾向某個旅行商販買了一本她的書，他是從一名落魄貴族的手中買來的。我讀得不是很懂，但學到了「有知識」這個詞彙，那是我想用來形容自己的詞彙。

多米諾嘲笑我。

晚上我會夢到蒲公英。

廚師從頭頂上的鉤子抓下一隻雞，又從銅碗中用手舀起填塞用的餡料。

他在微笑。

「去鎮上享受一下吧，你各位好傢伙，這會是值得記住的一晚，我發誓。」他將填料塞入雞的體內，為了均勻塗抹而扭動手腕。

「你們之前都有過女人了吧？我想？」

我們大多數人臉紅起來，有些人咯咯笑出聲。

「如果沒有的話，不會有比這次更甜美的經驗了，如果已經有過了，那，波拿巴自己每天品嘗一樣的味道也不厭倦啊。」

他把手上的雞舉高，供我們仔細檢視。

5 德斯戴爾夫人（Madame de Stäel，1766-1817）是法國小說家，針對政治、文化及時勢所發表的評論也相當出名。

母親在我離家時給了我一本口袋聖經，我本來希望可以跟著聖經一起留在住處就好。我母親熱愛天主，她說她對家人心懷感恩，但此生真正需要的只有天主和童貞聖母。我曾見過她在黎明之前跪著，在擠奶之前跪著，在濃粥之前跪著，並對著她從未見過的天主大聲歌唱。我們這村莊的人多少算是虔誠，我們敬重跋涉了七英里為我們帶來聖餅的神父，但信仰並未真正深入我們的心。

聖保羅曾說與其受火燒不如結婚，但我母親的教誨是與其結婚還不如受火燒。[6]她一直想成為修女，也希望我能成為神父，因此在我的朋友編繩或推著犁車工作時，她存錢送我去受教育。

我無法成為神父，因為儘管我的心跟她的心一樣高聲乞求天主垂憐，我卻可以假裝不去回應內心的狂喊躁動。我對天主和童貞聖母高聲吶喊過了，但祂們沒有吶喊回來，而我對靜謐微小的回應沒有興趣。神一定可以用激情回覆他人的激情吧？

她說祂可以。

那祂該這麼做才對。

我母親的家族並不富有，但受人尊敬。她從小在音樂及得體的文學環境中靜靜成長，餐桌上從來不討論政治，即便是反叛軍打到家門口時仍是如此。她的家人都是君主主義者。十二歲時她告訴他們，她想成為一名修女，但他們不喜歡非必要的想法，並向她保證婚姻會讓人生更滿足。她懷抱著祕密長大，不讓他們看見自己真正的想法。外在的她表現得服從又可愛，但內在的她餵養著會讓他們覺得厭惡的渴望，如果厭惡本身不算非必要情緒的話。她閱讀不同聖人的生平故事，將聖經的大部分內容銘記於心。她相信童貞榮福瑪麗亞會在時機到來時幫助她。

6 這裡的火指的是激情的慾火（passion）。

這個時機在她十五歲時到來了，當時是一場畜牧博覽會。鎮上大多數的人都去看笨重的閹牛和叫聲尖銳的綿羊。她的母親和父親沉浸在度假的心情中，於是一時魯莽之下，她父親突然輕率地指向一名健壯且衣著體面的男子，對方肩頭上還背著一個小孩，就直接說她不可能找到更好的丈夫了。他之後跟他們一起用餐，而且非常希望喬爾潔特（我的母親）能在晚餐後高歌一曲。就在人潮愈聚愈多時，我母親逃跑了，除了身上的衣服和隨身聖經之外什麼都沒帶走。她躲在一台乾草推車中，在天色如同火燒的向晚出發離開鎮上，緩慢地穿越的僻靜的鄉間，終於抵達我出生的那座村莊。我母親不怎麼害怕，她相信童貞瑪麗亞的力量，她在克勞德（我的父親）面前現身，要求他把自己帶去最近的修道院。他不是個聰慧的人，但很和善，年紀比她大十歲，當晚給了她一張床睡覺，心想隔天可以把她帶回家，說不定還有什麼賞金可拿。

她始終沒回家，也始終沒找到修道院。日子一天天過去，然後是一週週過去，她開始害怕她的父親，因為聽說他把這一區都找遍了，還在所有路過的宗教單位留下收買錢。三個月過去，她發現自己對植物很有一套，還能不動聲色的嚇唬動物。克勞德幾乎不跟她說話，也從不打擾她，但有時她會發現他站在遠處，手遮在眼睛上方盯著她瞧。

一天晚上，很晚了，她正在睡覺時聽見有人輕敲門板，於是打開檯燈，看見克勞德站在門口。他刮了鬍子，身穿睡衣，聞起來是煤酚皂的味道。

「妳願意跟我結婚嗎？喬爾潔特？」

她搖頭，他離開，隨著時間過去，他偶爾還是會回到門口，但永遠只站在門邊，鬍子刮得乾乾淨淨，身上有肥皂的氣味。

她答應了。她無法回家。她也無法去修道院，因為她的父親還在賄賂每一位希望能靠捐款多添一幅祭壇畫的修道院長，但如果不結婚，她也無法繼續跟這個男人一起生活，因為這個安靜的男人有許多愛講話的鄰居。

於是他上了床，躺在她的身邊，將她的手放上自己的臉頰。她不害怕。她相信童貞瑪麗亞的力量。

在那之後，每次只要渴望她，他就會用同樣的方式輕敲門板，並且一直等到她答應為止。

然後我出生了。

她跟我說了外公外婆的事，還說了他們的房子和鋼琴，想到我可能永遠不會見到他們時，她的眼神中出現一抹陰影，但我喜歡這種家世不詳的感覺。村裡的其他人有許多親戚，他們可以找這些親戚吵架，可以去摸清他們的底細。我則會捏造自己的故事。我想要自己的親戚是怎樣就怎樣，全看我的心情。

幸好有我母親的努力，再加上我們神父已經有點荒廢的博學知識，我學會用自己的語言、拉丁文和英文來閱讀，還學了數學和急救基本原理，另外由於神父會用賭博來補貼自己的微薄收入，我也學了所有的撲克牌遊戲和幾招小把戲。我從沒跟母親說，神父有本聖經中挖了個用來藏撲克牌的洞。有時他會不小心帶錯聖經來禮拜，而那種時候他總會從〈創世記〉的第一章開始讀起。村民都以為他熱愛創世的故事。他是個好人，但個性冷淡。我寧願有一位激情如火的耶穌會士，或許那樣我就能找到自己需要信仰的那種出神狂喜。

我問他為什麼要當神父，他說如果非得為人工作，那為一個不在場的老闆工作是再好不過了。

我們會一起釣魚，他會指出他渴望的女孩，要求我代替他去實踐那份渴望。我從沒真正做過。我跟我父親一樣很晚才跟女人發生關係。

我離家時，母親沒有哭，哭的是克勞德。母親把那本小聖經給了我，她多年來帶在身邊那本，我保證我一定會讀。

廚師看出我的遲疑，用烤肉叉戳了我一下。「沒搞過吧？小子？別害怕。我認識的這些女生純潔到沒有絲毫汙點，心胸跟法國的田園一樣寬廣。」我做好準備，用煤酚皂洗淨全身。

波拿巴，科西嘉人。他出生於一七六九年，獅子座。

他矮小、蒼白、陰晴不定，一隻眼睛總是望向未來，唯一的能力就是專心致志。一七八九年的革命打開了一個封閉的世界，有那麼一段時間，相對於任何一位貴族，大多數人選擇跟這個極端惡毒的街頭男孩站在同一邊。對於這位熟習火炮的中尉而言，這是大好的機會，接著沒有幾年，波拿巴將軍就把義大利變成了法國的田園。

「擁有足以徹底利用各種意外的能力，」他說，「能有比這更幸運的事嗎？」他相信自己是世界的中心，有很長一段時間，沒有任何人事物能動搖他的這項信念，就連約翰牛都不行。他愛上了自己，整個法國也跟著愛上他。那是場浪漫的愛情。或許所有浪漫的愛情故事都是這樣，那不是一種由平等雙方簽訂的契約，而是人們在日常生活中找不到出口的一連串夢想及欲望的爆發，而唯有戲劇化的情節才能滿足這份需求。而且當一連串的煙火持續升空爆炸時，就連天空也有了不同色彩：他成為了一名皇帝。他從聖城召喚教宗前來加冕自己，但到了最後一刻，他自己拿了皇冠放到自己頭上。他跟唯一理解自己的人離婚，那甚至是他唯一真正愛過的人，只因為她無法給他生個孩子。那是他在浪漫愛情中唯一無法自己完成的部分。

他一下讓人憎惡，一下又讓人讚嘆。

如果是你成為皇帝，你會怎麼做呢？士兵也會僅僅淪為數字？戰事僅淪為圖表？知識份子會成為威脅嗎？你會結束那些食物很鹹、身邊的人卻淡而無味的島上生活嗎？

他曾是世界上最有權力的人，卻無法在打撞球時擊敗約瑟芬。

我在跟你說故事呢。相信我。

妓院的經營者來自瑞典，是一位活像巨人的女子。她的頭髮是類似蒲公英的黃色，像條有生命的毯子覆在她的膝蓋上。她的雙臂光裸，身上穿著洋裝，袖子往上拉後用吊襪帶綁緊固定；脖子上繞著一條皮繩，上頭掛著一枚扁臉的木頭娃娃。她看見我盯著木娃娃瞧，就把我的頭抓過去逼我聞。木娃娃聞起來是麝香和奇異花朵的味道。

「來自馬丁尼克，就像波拿巴的約瑟芬一樣。」

我微笑著說，「我們的勝利之后萬歲[7]，」但那位女巨人笑了，還說約瑟芬永遠不會如波拿巴所承諾的一樣在西敏寺獲得加冕。廚師嚴厲地要她說話小心一點，但她才不怕他，她把我們帶進一個冷冰冰的石造房間，裡頭有簡易床墊和一張長桌，桌上堆了一罐罐紅酒。我以為會看到神父以前描述的場景，他說這些享受短暫歡愉的地方會鋪上紅色天鵝絨，但此處卻沒有絲毫柔軟可言，也沒有足以掩飾我們目的的事物。那些女人走了進來，她們都比我想像的老，跟神父那本罪惡之書裡的照片完全不同。她們並不是乳房如同蘋果的蛇蠍美女或夏娃般的女子，反而看起來圓胖又喪氣，頭髮不是匆忙綁成髮髻就是垂落在肩膀上。我的夥伴們發出驢叫和口哨聲，將酒從罐中直接大口灌入喉嚨。我想要一杯水，但不知該如何提出要求。

廚師首先有了動作，他拍了一個女人的屁股，針對她的束腹開了玩笑。他還穿著那雙沾滿油脂的靴子。其他人也開始找他們想要的女人，留下我和一個看來氣定神閒的黑齒女人，她的一根手指上戴了十枚戒指。

「我只是跟著來而已，」我告訴她，希望她能明白我不知道該怎麼做。

她捏了我的臉頰。「所有人都這樣說，他們以為第一次可以算便宜一

7　這裡的原文使用法文：「Vive notre dame de victoires」。

點。但我說那才是苦差事呢，就像沒有球桿還得教人撞球。」她望向廚師，他正蹲在其中一張床墊上嘗試把老二掏出來。他的女人跪在他面前，雙臂交叉在胸口。突然他就搧了她一巴掌，驟然發出的聲響讓所有人一時停止了交談。

「幫我啊，妳這婊子，手伸進來啊，不行嗎？還是妳怕鰻魚啊？」

我看見她的嘴唇扭曲起來，儘管膚質糟糕又粗糙，被打過的地方仍泛起紅暈。她沒回話，只是把手伸進他的長褲，把他的老二像捏著雪貂的脖子一樣拎了出來。

「放進嘴裡。」

我心裡想到的是燕麥粥。

「你的朋友還真是個好男人呢，」我的女人說。

我想走過去把他的臉猛塞進毯子裡，直到他不剩一絲氣息。然後他低吼一聲，高潮了，再往後癱倒在自己的手肘上。他的女人起身，非常刻意地朝地上的碗吐口水，用酒漱口，再把那口酒也吐掉。她發出各種噪音，廚師聽見了，他問她為何要把他的精子丟進法國的下水道。

「不然我要怎麼處理？」

他高舉著拳頭走向她，但那一拳始終沒落下。我的女人走過去用酒罐敲了他的後腦勺，然後深深擁抱住她的同伴，接著又快速親了她的額頭一下。

她永遠不會對我這麼做。

我跟她說我頭痛，然後走去外面坐著。

我們把帶隊前來的領袖抬了回去。我們把他像棺材一樣抬在肩上，每次輪四個人抬，為了怕他嘔吐讓他臉朝下。到了隔天早上，他大搖大擺地跑去向軍官吹噓，說自己是如何讓那個婊子把他的精液全部吞了下去，還說她含住他時臉頰鼓起的樣子就像老鼠。

「你的頭怎麼了？」

「回來時跌倒了，」他說話時看著我。

他很常在晚上時出門嫖妓，但我沒再跟他去過。我幾乎不跟任何人說話，只有多米諾以及遭到革除聖職並有著一隻銳利鷹眼的神父派翠克除外。我的時間都花在學習如何為雞塞填塞餡料，以及如何放慢烹調的速度。我在等波拿巴出現。

到了最後，在一個炎熱的早晨，當海水在碼頭的石材間留下一個個鹽坑的時候，他來了。一起來的還有他手下的繆拉將軍和伯納多特將軍[8]，還有新任的艦隊司令，另外還有他的妻子。他的妻子太過優雅，導致營地裡最粗俗的人不自覺將靴子擦了兩次。但我的眼裡只有他。多年來，待我如師長的神父一直支持法國革命，他告訴我，波拿巴或許是再次降臨的神之子，因此我認真學習的不是歷史或地理，而是他打過的戰役和參與過的活動。神父有張舊地圖，皺到難以想像，我們會一起攤開地圖，望著那些他去過的地方，也看著法國的疆界緩慢往外推進。神父身上總是帶著童貞榮福瑪麗亞的畫像，另外還有波拿巴的畫像，我在成長過程中也始終有他們相伴。我母親不知道這件事，她還是君主主義者，也還是會為瑪麗．安東妮[9]的靈魂祈禱。

當法國大革命將巴黎變成自由人的城市，也將法國變成歐洲的苦難根源之際，我才只有五歲。我們的村莊位於塞納河的非常下游，但就算我們住在月亮上也不會有什麼不同。沒有人真的知道發生了什麼事，只知道國王和皇后遭到囚禁。我們只能仰賴各種八卦理解世界，神父則是仰賴他的神職身分到處巴結，才有辦法不用面臨大砲和刀劍。我們的村莊分成兩派。大多數人認為國王和皇后除了稅收和風景之外毫不在意我們，但他們仍是對的。不過這些是我的解讀，而且是個趨炎附勢的機巧傢伙教我的說

8　繆拉將軍和伯納多特將軍指的是若阿金．繆拉（Joachim Murat，1767-1815）和讓-巴蒂斯特．伯納多特（Jean-Baptiste Bernadotte，1763-1844）。

9　這裡指的是法國皇后瑪麗．安東妮（Marie Antoinette，1755-1793），她是路易十六世的皇后，在路易十六世遭到處死後也因為叛國罪被送上斷頭台。

法。其實我在村莊中的大多數朋友無法說明他們的不安，但我能從他們驅攏牛隻時的肩膀姿態看出來，也能從他們在教堂裡聆聽神父講道時的臉龐看出來。我們總是無能為力的人，無論誰掌權都一樣。

神父說我們正活在末日，而革命可以為我們帶來新的救世主彌賽亞，也能為塵世帶來新的黃金時代。他在教堂裡沒講到這個程度，而是私下跟我說的，這些話他沒告訴其他人，不但沒告訴成天搬運桶子的克勞德，沒告訴在黑暗中跟心上人廝混的雅克，也沒告訴總是禱告的我母親。他把我抱上他的膝頭，讓我枕著他的黑色長袍，長袍聞起來有年歲和乾草的氣味，他告訴我，別害怕在村莊中聽見的謠言，這些謠言說巴黎的所有人不是在挨餓就是死了。「基督說他帶的不是和平而是寶劍，亨利，你要記得。」

隨著我的年紀漸長，動盪的局勢也似乎平靜下來，而波拿巴開始闖蕩出自己的名聲。早在他自封為王之前，我們就把他稱為我們的皇帝。曾經在我們從臨時搭建的教堂回家的路上，在冬季的暮色中，神父望向往遠方延伸的車道，將我的手臂握得好緊。「他會召喚你，」他悄聲說，「就像天主召喚撒母耳[10]，而你會前去。」

我們在他來的那天沒有進行訓練。他讓我們猝不及防，或許還是故意的，當第一位精疲力盡的使者騎馬飛奔抵達營地，警告我們波拿巴正馬不停蹄地前來，而且會在中午前抵達時，我們全穿著休閒單衣懶散地半躺著，還一邊喝咖啡一邊玩骰子。所有軍官都嚇瘋了，他們開始組織人手，就彷彿英格蘭人即將登陸一樣。我們沒有為他準備接風宴，原本特別為他設計的營帳中擺了一座砲台，廚師也已經喝得爛醉。

「你。」我被一名不認識的上尉抓住。「想辦法去處理一下那些雞。別管制服了，反正我們接受檢閱時，你會在伙房裡忙。」

10　撒母耳（Samuel）的母親祈求獲得一個孩子，並表示若獲得應允願意將孩子獻給神。撒母耳大約十一歲時聽見了天主的召喚。

就是這樣，我沒有迎來任何光榮時刻，只有一堆死雞。

在熊熊的怒氣之中，我儘可能把最大的煮魚鍋裝滿冷水，然後全澆在廚師身上，但他動也沒動。

一小時後，就在雞肉都已交錯安排在烤架上旋轉燒烤之際，那名上尉非常焦躁地跑回來，說波拿巴想視察一下伙房。這是他的特色，他總愛在手下軍隊的各種細節中找樂子，但對我們實在很不方便。

「把那男人弄出去，」上尉離開時這麼說。那名廚師體重大約兩百磅，但我連一百二十磅都不到。我嘗試把他的上半身撐起來往外拖，但只能無助地拖動一點點。

如果我是先知，而這位廚師是個崇拜偽神的異教徒使者，我就可以對上主祈禱，就會有一整群天使前來將他移開。然而實際來幫我的是多米諾，他說起了一些有關埃及的事。

我對埃及略有所知，因為波拿巴去過那裡。他在埃及的戰役註定要失敗，但表現得很英勇，而且他始終免於瘟疫及熱病的侵害，還能在滴水未進的情況下於沙漠塵土中連續騎馬數英里。

「他怎麼可能做到呢？」神父當時這麼說，「如果不是受到了天主的保護？」

多米諾打算將廚師抬起來，而他的計畫就是模仿埃及人立起方尖碑的方式，他們是利用槓桿原理，而我們用的是一根船槳。我們把船槳插進他的背底下，然後在他的腳下挖一個坑。

「現在，」多米諾說。「我們把所有重量壓在船槳的尾端，他就會起來了。」

他就像起死回生的拉撒路[11]。

我們讓他站起身，我再把船槳插進他的皮帶底下，以免他倒回去。

---

11 拉撒路（Lazarus）是耶穌的門徒兼友人，在病死後四天從墳墓中復活。

「現在我們怎麼辦？多米諾？」

我們站在這具被立起的肉體兩側，此時帳篷的門簾被掀開，上尉大步走進來，姿態非常得體，但臉上隨即逐漸失去血色，就彷彿有人拔掉了他喉嚨上的一枚塞子。他張開口，鬍鬚抖動，但沒發出聲音。

有人從他身後走出來，是波拿巴。

他繞著我們的展示品走了兩圈，問了他是誰。

「是廚師，大人。他有點醉了，大人。這些人是要把他移出去。」

我很想趕快回去烤架邊，因為有隻雞已經烤過頭了，但多米諾站到我面前，開始講一種粗劣難聽的語言，後來他才告訴我那是波拿巴家鄉的科西嘉方言。他用自己的方式解釋了剛剛的情況，還表示我們用類似埃及戰役的手法儘可能在處理問題。多米諾說完後，波拿巴走向我，捏了一下我的耳朵，我的耳朵因此腫了好幾天。

「你瞧，上尉，」他說，「我的軍隊就是這樣才能所向披靡，就連地位最低的士兵辦起事來，都足智多謀又決心堅定。」上尉露出一個虛弱的微笑，接著波拿巴轉向我。「你會目睹偉大的事發生，不用再過多久，英格蘭人就任我們使喚了。上尉，你交待一下，讓這孩子來貼身服侍我。我的軍隊裡不能有脆弱的環節，我要我的服侍員跟將軍一樣可靠。多米諾，我們今天下午要騎馬。」

我立刻寫信給我的朋友，也就是神父。這比所有平凡的奇蹟還要完美：我被選中了。但我沒預料到廚師會成為我的宿敵。等到夜幕低垂後，營區裡的大多數人都聽說了這個故事，也早已開始多方渲染，不是說我們當時把廚師埋進一道壕溝、就是說我們把他打到失去意識，其中最怪異的版本，是說多米諾對他下了咒。

「要是我會下咒就好了，」他說。「還能省去我們挖洞的時間。」

廚師醒來後感覺一陣陣頭疼，脾氣也比平常更糟，他走到戶外時，遇見他的士兵不是迴避眼神，就是對他指指點點。終於他來到我帶著小本聖經坐著的地方，拽著我的領子把我提起來。

「波拿巴要你服侍他，你就以為自己安全了啊？現在是安全，但以後日子還長呢，我們走著瞧。」

他把我往後推倒在洋蔥布袋上，對我的臉吐口水。後來我們又過了好久才再次見面，因為上尉把他轉調到布洛涅以外的補給站去了。

「別管他了，」我們望著他坐在貨車後方離開時，多米諾這麼說。

這樣的日子過去就是過去了，我們卻很難記住這件事，我們能擁有的就是此時此刻，任何片刻都沒有重來的機會。波拿巴待在布洛涅期間，我們的壓力很大，卻也備感殊榮。他比我們都早起，而且在我們就寢後很久才入睡，他仔細確認我們受訓的每個細節，也親自來為我們打氣。他會將手揮向英吉利海峽，談論英格蘭的口氣就彷彿她已經屬於我們。他對我們每個人都這樣高談闊論。那就是他的天賦，他因此成為我們生活中的唯一焦點。我們想到可以打仗就興奮。儘管沒有人想被殺死，但無論是在農場或鎮上生活，我們要忍受的艱苦、漫長工時、寒冷，以及雇主命令總之都是差不多的。我們不是自由人。他的存在卻讓一切苦悶都有了解釋。

我們有一些外表滑稽的大型平底船，這些靠著數百人建造的船隻呈現出西班牙大帆船的穩當氣勢。搭船出海時，為了橫跨二十英里海峽的危險之役練習時，所有人都不再開玩笑說這像捕蝦船，也不會說這些船根本像洗衣女工使用的桶子。當他在岸上對我們吼出命令時，我們會讓自己臉面迎風，我們與他團結一心。

這些平底船的設計是可以搭載六十人，根據估計，我們會有兩萬人在跨越海峽的過程中失去生命，不然就是在上岸前遭到英格蘭人射殺。波拿巴認為這是很好的勝算，他已經很習慣在戰役中損失這麼多人。我們都不擔心自己是那兩萬分之一。我們還沒開始擔心。

根據他的計畫，如果法國海軍可以掌控海峽六小時，就六個小時，他就能夠讓自己的軍隊登陸，英格蘭也就會是他的囊中物。一切看來容易到荒唐的程度。納爾遜海軍上將[12]本人都無法在六小時內智取我們。我們嘲笑英格蘭人，我們大多數人都計畫要去英格蘭玩。我特別想去看看倫敦塔，因為神父說裡頭滿是孤兒，那些孩子都是貴族的私生子，他們的家長因為羞恥而不願把他們養在家裡。我們法國才不是這樣，我們都歡迎自己的孩子。

多米諾告訴我，有謠言說我方即將開挖一條隧道，好讓我們能像鼴鼠一樣在肯特郡的鄉野中冒出來。「光是為你的朋友挖個放腳的坑，我們就挖了一小時啊。」

還有其他關於進攻英格蘭的各種說法，包括熱氣球登陸、用大砲把人發射過去，還有就跟蓋伊．佛克斯[13]幾乎成功的事蹟一樣，據說我們也計畫要炸掉英國國會大廈。英格蘭人最認真看待的是熱氣球登陸計畫，為了阻止我們，他們沿著五港[14]建起一座座高塔，就為了能在發現熱氣球時將我們射下。

這些全是毫無根據的傻話，但我覺得，就算波拿巴要求我們把翅膀綁在身上飛往聖詹姆士宮[15]，我們應該也會像放風箏的孩子一樣信心滿滿地出發。

他有時會因為國家事務回到巴黎，而在失去他的期間，我們經歷到的日夜只有光線獲准照入營區的強弱差別。就我來說，因為沒有可以去愛的對象，維持一種刺蝟精神似乎是最好的選擇。我藏起真心，只有休假時才

---

12 海軍中將第一代納爾遜子爵霍雷肖・納爾遜（Vice Admiral Horatio Nelson, 1st Viscount Nelson，1758-1805）是著名且出色的英國海軍將領。

13 蓋伊・佛克斯（Guy Fawkes）曾在一六〇五年為了恢復天主教君主制而計畫炸掉英國國會。

14 五港（Cinque Ports）是肯特郡、薩塞克斯郡和艾塞克斯郡的五個港口集結成的同盟。

15 聖詹姆士宮（St. James' Palace）是英國倫敦的正式皇室王宮，也是歷史最悠久的宮殿之一。

坦露出來。

我應付神父很有一套，所以除了多米諾之外，我的朋友毫不意外地就是派翠克，他是一位遭革除聖職的神父，來自愛爾蘭，臉上有一隻銳利的鷹眼。

一七九九年，拿破崙還在競逐權力之際，霍什將軍[16]登陸了愛爾蘭，而且幾乎徹底成功地打敗了那些「約翰牛」。他是所有男學生的英雄，也曾是波拿巴夫人的愛人。他待在當地期間聽說了一個故事，有個下流的神父，右眼就跟你我一樣正常，左眼的視力卻讓最頂尖的望遠鏡都相形見絀。確實，他之前就因為在鐘塔上色瞇瞇盯著年輕女孩看，而遭到教會驅逐。哪個神父這樣做不會被驅逐呢？但就派翠克的例子來說，由於他那隻眼睛擁有奇蹟般的特質，沒有一個女人的胸脯是安全的。就算一個女孩是在兩個村莊外脫衣服，只要那個夜晚夠清朗，她的百葉窗又沒拉下，她就跟直接到神父面前脫下內衣褲再放在他腳邊沒兩樣。

霍什是個見過世面的人，他對這種老婦人之間謠傳的無稽之談感到懷疑，但很快就發現這些女人比他更有智慧。儘管派翠克一開始否認這項指控，男人們也笑稱這些女人在妄想，但她們望著地面說：她們就是能感覺到別人的視線。主教認真看待她們的疑慮，但不是因為相信那些有關派翠克視力的說法，而是因為他更喜歡唱詩班男孩的平滑身形，所以覺得這件事令他極度作嘔。

神父應該有比看女人更值得做的事。

霍什聽了許多相關傳言後，決定帶派翠克去喝酒，並把他灌到幾乎站不穩，然後半推半扶地把他帶到一座小山丘上，那裡可以清楚看見底下綿

16 這裡指的是著名的法國革命軍將軍路易．拉扎爾．霍什（Louis Lazare Hoche，1768-1797），其名言之一就是「行動，不要光講空話。」

延幾英里的村莊光景。他們一起坐著，就在派翠克打起瞌睡時，霍什掏出一面紅旗揮舞了幾分鐘。然後他用手肘把派翠克推醒，開始像一般人一樣讚嘆起眼前的美麗夜景。派翠克畢竟受了招待，於是強迫自己望向霍什揮舞的手臂，喃喃自語地說了些話，大概就是愛爾蘭深受眷顧，在塵世中享有自己獨特的天堂環境。然後他雙手撐地，傾身向前，用力瞇起一隻眼睛，用如同主教在聖餐禮時的低啞、神聖語調開口，「你看看那個吧？」

「看什麼？有隼在飛？」

「別管什麼隼了，她就跟母牛一樣強壯，還有一身棕皮膚。」霍什什麼都看不見，但他知道派翠克能看見。他付錢請了一名妓女在十五英里以外的田野中脫衣服，並在此地和她之間每隔一段固定距離配置了拿紅旗的手下。

當他出發前往法國時，他把派翠克也一起帶走了。

在布洛涅時，派翠克就跟登塔者西蒙[17]一樣，你總能在因為特定目標建築的柱子上找到他。柱子上的他能將眼神越過海峽，回報納爾遜手下封鎖艦的行蹤，並在看到任何來自英格蘭的威脅時，警告我們正在演習的部隊小心。不小心駛離港口周遭太遠的法國船隻很可能出事，萬一英格蘭人剛好想要巡邏一下，這些船隻就會遭到舷側炮的猛烈攻擊。為了警告我們，派翠克有一支跟人等身高的阿爾卑斯長角號。在多霧的夜晚，這種憂鬱的聲響會迴盪到多佛白崖[18]這麼遠的所在，因為如此，波拿巴請了魔鬼來進行瞭望工作的謠言也就更是甚囂塵上。

為法國人工作，他有什麼感覺？

比起英格蘭人，他更寧願為法國人工作。

---

17 登塔者西蒙（Simeon Stylites，390-459）是一名基督教的苦行僧，曾在敘利亞的高塔上待了三十七年。

18 多佛白崖（Dover cliffs）是位於肯特郡的臨海懸崖，與法國的加萊隔海相望，加萊與布洛涅的距離約三十六公里。

不需要照顧波拿巴的需求後，我大多都和派翠克一起待在瞭望柱上。柱頂的空間大概是二十英尺長、十五英尺寬，所以還有玩牌的空間。有時多米諾會上來玩拳擊賽。在他看來，不尋常的身高並不是缺點，就算派翠克的拳頭如同火炮有力，卻也一次都沒有打在多米諾身上，因為他的策略就是到處跳躍，直到對手開始疲倦為止。多米諾會找出適當的時機出擊，就出擊一次，不是用拳頭，而是用雙腳讓自己往側邊或後方彈出去，又或者閃電般迅速地倒立後再彈回攻擊。這些比賽看似嬉鬧，但我見過他光靠踩住公牛的額頭跳躍而將牠撂倒。

「如果你有我的身材，亨利，你就會懂得照顧自己，而不會仰賴他人的善意。」

從柱頂往遠方望去時，我會讓派翠克向我描述英格蘭船帆底下的甲板動態。他能看見那些穿著白色緊身褲的上將，也能看見水手沿著桅索前後跑動，調整船帆，只為了儘可能利用風的力量。船上很常有人遭到鞭打。

派翠克說他看見有個男人被打到一大片皮膚掀起。他們把他泡進海水裡，確保他不會罹患敗血症，然後留他在甲板上死盯著太陽。派翠克說他甚至可以看見麵包裡的象鼻蟲。

這話別相信。

一八〇四年的七月二十日。此時距離黎明還早，但也已經不是夜晚了。

無論是樹林間、海面或營地都顯得躁動不安。鳥和我們睡睡醒醒，儘管很想好好睡著，卻又因為想著醒來的事而渾身緊繃。大概半小時後，熟悉的冷灰光線就會出現，然後太陽升起，海鷗會在水面上鳴叫。大多日子的我會在此時醒來。我走向港口，看著那些像狗一樣被繫住的船。

我等待陽光劃過水面。

之前的十九天始終風平浪靜。我們在熱燙的石頭上烘乾衣服，而不是將衣服晾掛在風裡，但今天我的休閒單衣卻沿著手臂翻飛拍動，船隻也傾斜得很厲害。

我們今天必須接受檢閱。波拿巴會在幾小時後前來看我們出海。他打算在十五分鐘內送出兩萬五千人。

他會這麼做。

沒有人預料到天氣會突然改變。如果天氣繼續惡化，我們就不可能冒險跨越海峽。

派翠克說英吉利海峽中滿是人魚。他說就是因為寂寞的人魚渴望男人，才會把我們這麼多人拉下海。

望著白色碎浪拍打著船側，我不禁想，如果這場調皮的暴風就是人魚搞出來的呢？

樂觀一點的話，這場風暴可能很快就會過去。

時至中午。雨水沿著我們的鼻子流入外套後又流入靴子。就連要跟隔壁的人講話都得用手圈住嘴巴放大音量。風已經把這批平底船的繫繩都吹鬆了，迫使士兵必須逃到難以應付的及胸海水中，即便是我們綁得最好的繩結此刻看來都很荒謬。軍官說我們不可能冒險出海演習。波拿巴把大衣領子拉得很高，他說我們可以。他說我們會這麼做。

一八〇四年七月二十日。兩千個男人在今天溺死了。

風實在太強了，負責瞭望的派翠克必須被綁在蘋果木桶上，我們發現我們的平底船說到底跟兒童玩具沒兩樣。波拿巴站在碼頭邊跟他的軍官說，沒有任何風暴可以打敗我們。

「哎呀，如果天塌下來，我們就用長矛尖端頂回去就好啦。」

或許吧。但沒有任何意志或武器足以擊退大海。

我躺在派翠克身邊，平躺的我也有用繩子綑綁固定，所以除了浪花之外幾乎什麼都看不見，但每當風不再吹時，我就能看見一艘本來還在的船不復存在。

美人魚不會再孤單了。

我們應該群起反抗他，我們應該當面嘲笑他，我們應該抓起死人如同海草的頭髮在他面前揮舞。

但他總是一臉懇求，他總是希望我們證明他是對的。

到了夜晚，風暴早已停歇，我們被丟在溼答答的帳篷裡，眼前是一碗碗熱氣蒸騰的咖啡，沒有人開口說話。

沒有人說「我們離開吧」、「我們恨他吧」。我們只是用雙手捧起碗，喝下咖啡，還搭配上他特地分配給每個人的白蘭地。

我那晚必須服侍他，本來因為那些垂死前揮舞的手腳，我的眼睛和耳朵塞滿了瘋狂，卻在看到他的微笑後逐漸退去。

我被大量的死人淹沒。

隔天早晨，兩千名新募集的士兵整齊劃一地走進了布洛涅。

你有想起過自己的童年嗎？

我只要聞到燕麥粥的味道就會想起來。有時在去過碼頭後，我會走進鎮上，用鼻子追蹤麵包和培根的氣味。不過總會在經過一排房子時，發現有一間特別不同，雖然長相跟其他房子一樣，但我能聞到其中緩慢傳來燕麥的氣味。那氣味香甜但又帶著一抹鹹，如同毛毯厚重。我不知道屋子裡住著誰，也不知道誰創造出這樣的氣味，但我會在腦中想像出黃色的火焰和黑色的鍋子。以前在家時，我們會用一個都是我負責擦亮的銅鍋來煮，我喜歡擦拭所有物件，確保每個都能維持閃閃發亮。我母親負責煮粥，她會把燕麥留在餘火旁過夜。等到早上她的風箱運作起來，火花直衝出煙囪時，她會把沿著鍋邊的燕麥燒成深棕色，那一整圈就會像棕紙一樣包覆著鍋邊，中央的白色粥體則會膨脹後溢出鍋沿。

我們腳下踩的是石板地，但到了冬天，她會鋪上乾草，乾草和燕麥混合後聞起來是馬槽的氣味。

我的大多數朋友早餐都吃麵包。

當時的我很快樂，但快樂是成年人使用的詞彙。你不需要問一個孩子是否快樂，因為可以直接看出來。他們的快樂或不快樂總是一目了然。成年人會談論是否快樂，因為他們大多不快樂。談論此事本身就跟試圖抓住風一樣徒勞，還不如就讓風拂遍你全身。正是因為如此，我跟哲學家意見不合。他們總在談論讓人懷抱激情的主題，本人卻毫無激情可言。永遠別跟哲學家討論快樂。

但我不再是個孩子了，天國也常躲避我的追索。現在，各種詞彙與想法總是介入我和我的感受之間，就連我們與生俱來的感受都不放過，也就是快樂。

今天早上我聞到了燕麥的氣味，看見一個小男孩在他擦亮的銅鍋上望著自己的倒影。他的父親走進來，笑了，把自己的刮鬍鏡給他用。但在刮鬍鏡中，男孩只能看見一張臉，在鍋面上卻能看到臉龐扭曲成各種形貌。他看到臉的各種可能性，因此得知了自己的可能性。

新兵都來了，他們大多還沒長鬍子，臉頰如同蘋果般紅潤。跟我一樣還是新鮮的農產品。他們的表情坦率而熱切，而且備受關注，不是收到制服，就是收到任務，去提奶桶給需要的人，不然就是去照顧吵鬧不休的豬隻。軍官全都來和他們握手，那是成年人才會獲得的待遇。

沒人提起昨天的行動。我們的身體都乾了，帳篷也正在乾燥，浸濕的平底船翻面後放在碼頭上。大海一派無辜，派翠克在他的瞭望柱頂端安靜地刮鬍子。新兵被分派到不同軍團，朋友們依規定分開。這是全新的開始。這些男孩是男人了。

從家裡帶來的紀念品很快就會遺失或吃光。

真怪，僅僅幾個月就能帶來如此大的差別。我剛來的時候就跟他們一樣，現在當然仍有許多地方一樣，但我的夥伴已經不再是害羞的男孩，眼裡也不再有著砲火般的光芒。他們變得更粗俗、更強悍。當然你可能會說，從軍生涯本來就是這樣。

但從軍生涯也不只是如此，還有更艱難的事物必須討論。

來到這裡的我們丟下了母親和家鄉的心上人。我們仍習慣擁有一位母親，她努力工作的雙臂極為健壯，隨便一揮就能讓我們之中最強壯的傢伙耳鳴。我們用鄉村的方式追求心上人，慢條斯理，如同田裡的作物必須成熟才能收割；我們激烈粗猛，如同母豬發情後在土地留下溝槽。然而在這裡的我們沒有女人，只有想像力和少少幾名妓女，我們無法記得女人是怎麼一回事，無法記得她們可以透過激情將男人變得神聖。這又是聖經裡的話，但我此刻想的是我父親，他曾在夕陽如火的傍晚用手遮在眼睛上方，望向我的母親，他學會用耐心對待我的母親。我想的是我母親內心的騷亂，還有那些在田裡的女人，她們還在等待那些昨天淹死的男人，其中有些母親的孩子剛剛取代了那些淹死的人。

我們在這裡從來不會真正想起他們。我們想的只是他們的形體，雖然偶爾仍會談起家鄉，但已經不再去想他們的本質；他們原本最為可靠、最受愛慕，還有最為人所知的本質。

他們繼續生活。無論我們做了或決定不做什麼，他們都繼續生活。

我們村莊有個男人喜歡把自己當成一位科學家。他會花很多時間用滑輪、繩段和木頭的邊料製造各種設備，那些設備可以把乳牛抬離地面，又或者是透過管子把河水直接引入家中。他聲音宏亮，跟鄰居相處融洽，因為習慣了失望，於是總知道如何緩解他人的失望。而在一個受到雨水及陽光支配的村莊，人們必須處理的失望可多了。

在他忙著發明、重新發明，還有逗我們開心的同時，他的妻子除了

「晚餐好了」之外什麼都沒說過，她在田裡工作，打理家庭，而且因為她的男人喜愛床上活動，很快就養育了六個孩子。

有一次這男人去了鎮上幾個月，想嘗試發一筆財，卻沒有凱旋歸來，存款也花光了，她安靜地坐在乾淨的屋子裡縫補乾淨的衣服，此時田裡已為了隔年播好了種。

你可以聽得出來，我喜歡這個男人，當然如果我說他都不工作、我們也不需要他跟他樂觀的態度，那未免也太蠢了。但當她死掉時，突然之間，從那天中午開始，他聲音中的明亮音色就消失了，親手接的水管也塞滿淤泥。他幾乎無法從田裡收穫任何作物，更別說好好養大六個孩子了。是她讓他的美好可能存在。就此而言，她就是他的神。

而跟神一樣，她徹底受到忽略。

這些新兵剛來時都會哭，他們想他們的母親和心上人，他們想回家。

他們記得自己的家是如何乘載了他們的心，不是什麼情懷或惺惺作態的場面，而是他們所愛之人的每張臉。這些新兵大多不滿十七歲，卻被迫在幾週內進行讓哲學家終生苦惱的工作：用盡自己對生命的激情去面對死亡，並充分理解這份激情。

他們不知該如何遺忘，慢慢的，他們捻熄了體內如同夏日烈陽的光芒，剩下的只有肉慾及憤怒。

我在那場慘劇過後才開始寫日記。我寫日記是為了避免遺忘，也好在晚年想要坐在火邊回顧過往時，可以有些清楚確切的細節足以抵抗記憶的混亂。我把這件事告訴多米諾，他說，「你現在看待事物的方式不會比那時候更真實。」

我無法同意他的說法。我知道老人回憶時會語帶模糊或扯謊，反正一切都是過去的事了嘛，他們總想把當時講成最好的模樣。波拿巴自己不也是這麼說的嗎？

「瞧瞧你，」多米諾說，「一個由神父和虔誠母親養大的年輕人。一個無法拿起毛瑟槍射死兔子的年輕人。你怎麼會以為你有辦法看透任何事？三十年之後，如果我們都還活著，你怎麼會以為你有權力在我面前甩著筆記本，聲稱你掌握了真相？」

「我在意的不是事實細節，多米諾，我在意的是自己的感受。我的感受改變的過程，我想記下來。」

他聳聳肩後離開了。他從未談起未來，只有偶爾喝醉時會談起美好燦爛的過往。那段過往充滿了衣服上縫滿金屬片的女人、兩條尾巴的馬，還有他父親靠著被人從砲台射出來討生活。他來自東歐某地，皮膚是陳年醃漬橄欖的顏色。我們只知道他在多年前四處遊蕩，後來不小心闖入法國，還曾拯救約瑟芬小姐不被一匹逃跑的馬踩死。當時的她還是樸素的德博阿爾內女士[19]，不但剛離開髒汙的加爾默斯監獄，也才成為寡婦沒多久。她的丈夫在「恐怖統治」時期遭到處決，而她之所以能逃離死亡的命運，純粹只是因為羅伯斯比在她打算跟著丈夫赴死的那天早上遭到殺害。多米諾說她是一名機智的女士，還聲稱她會在身無分文的那段日子，挑戰軍官跟自己比賽撞球。如果她輸了，他們就能留下吃早餐，但如果她贏了，他們就得幫她付掉一張急著要支付的帳單。

她從未輸過。

多年之後，她把多米諾推薦給丈夫，當時他急著要找一位值得留在身邊的好馬夫，最後終於找到他時，他正在某個串場表演中吞火。他忠誠於

19　約瑟芬在跟拿破崙結婚之前曾和亞歷山大．德博阿爾內（Alexandre de Beauharnais）結婚，因此是德博阿爾內女士（Joséphine de Beauharnais）。後來在由羅伯斯比（Maximilien François Marie Isidore de Robespierre）主導的恐怖時期中，她的丈夫受到雅各賓黨（Société des Jacobins）的拘禁後處死，約瑟芬也因此被關進法國大革命時期被當成監獄的加爾默斯修道院（Carmes prison）。

波拿巴，儘管那份忠誠說來複雜，他確實熱愛約瑟芬和所有的馬。

他跟我說他認識一位算命師，每週都會有人去找他，就為了目睹未來在眼前展開，或者看到早已埋藏的過往再次重現眼前。「但我告訴你，亨利，你從現在偷取的每個片刻都將永遠遺失。你能擁有的只有現在。」

我沒理他，繼續寫我的小本子，到了太陽把草都曬黃的八月時，波拿巴宣布他的加冕儀式會在十二月舉行。

我立刻就獲得了休假。他說希望我之後能一直跟著他。他說我們要一起幹大事。他說他喜歡能在晚餐桌邊看見一張微笑的臉。每次都是這樣，所有人要不是忽略我，就是對我掏心掏肺。一開始我以為只有神父會這樣，因為神父的情感本來就比一般人濃烈，但後來發現不只神父如此。這一定跟我表現出的模樣有關。

在我開始直接為拿破崙工作後，我以為他都是用格言警語在說話。他從未使用你我說話的那種句子，而是會把一切講得像是偉大的思想。我把這些話全部寫了下來，但後來才意識到其中大多都很古怪。這些都是他在令人印象深刻的演說中使用的台詞，我必須承認自己一開始聽到時還流下眼淚。就算是我恨他的時候，他都能讓我哭出來，而且不是用恐懼恫嚇我。他有一種偉大。他的那種偉大很難用一般的情理去看待。

我花了一週才回到家，路途允許時就騎馬，最後才徒步走完剩下的路。加冕儀式的消息已經傳開了，我可以從一起旅行的夥伴臉上的笑容看出他們有多期待。我們之中沒有人想起，僅僅十五年前，我們還在為了徹底擺脫所有國王而戰，而且還發誓除了自衛之外不再挑起戰爭。現在我們想要一個統治者了，還要這個人統治全世界。我們這個民族就跟其他民族差不多。

我只要穿著軍人制服就能受到親切對待，人們餵飽我、照顧我，還把收穫到的上好作物給我。為了回報，我會跟他們說有關布洛涅營地的故事，說我們可以看見海峽對岸的英格蘭人穿著靴子發抖。我大肆渲染、自創情節，甚至說謊。為什麼不呢？我讓他們很快樂啊。我沒有談起那些跟人魚結婚的男人。所有農場的小夥子都想立刻從軍，但我建議他們等到加冕儀式之後。

「你的皇帝需要你時，他會召喚你。在那之前，先在家裡為法國好好工作。」

當然，這個說法讓他們的女人很開心。

我離開了六個月。當載著我的貨車把我在離家約一英里多的地方放下時，我其實很想轉身離開。我很害怕，害怕一切有所不同，害怕自己不受歡迎。遠行者總是希望家鄉沒有一絲改變。至於遠行者本身則被期待有所改變，不是長了濃密的鬍鬚、帶回一個新寶寶，就是能夠說出有關奇蹟般新生活的各種故事，而且在那樣的新生活中，溪流滿是黃金，天氣總是和煦。我準備了很多這種故事，但我想確定我的聽眾已準備好入座聆聽。我繞開顯而易見的路徑，像盜賊一樣偷偷摸摸往村莊前進。我已經決定好他們屆時應有的樣子。我的母親會在馬鈴薯園內，剛好能被我看見的地方，我的父親則會在牛棚。我打算從山丘往下跑，然後我們會舉辦一場派對。他們不知道我會回來。不可能有消息能在一週內傳入他們的耳裡。

我看了。他們都在田裡。我母親雙手插在臀部，頭往後仰，望著天上聚攏的雲。她在等雨水降下，在依照下雨的狀況制定計畫。我父親在她身邊站定不動，雙手各拿著一只布袋。我小時候看過父親像這樣拿著兩只袋子，但裡頭裝的是眼睛看不見的鼴鼠，牠們的鬍鬚因為沾滿泥土而顯得粗糙，每一隻都死了。我們用陷阱抓住牠們，因為牠們會破壞田地，但我當時不知道原因是這個，只知道我父親把牠們都殺死了。我為牠們守夜，後來是我母親把冷到發僵的我拉回家。那些布袋隔天早上就不見了。其實打從一開始我就親手殺掉牠們，只是透過別開眼神不管。

母親。父親。我愛你們。

我們有好幾天晚上都熬夜到很晚，我們一邊喝著克勞德粗劣的科克涅白蘭地酒，一邊聊到燈火的顏色如同凋萎的玫瑰。我母親愉快地聊起過去，她似乎認為只要有個統治者在位，許多事都能回到正軌。她甚至談起要寫信給她的父母。她知道他們會慶祝皇室的回歸。我很驚訝，我一直以為她支持的是波旁王朝[20]。就算她曾經憎恨的男人成為了皇帝，也不可能變成她能夠熱愛的男人吧？

「他還行，亨利。國家就需要國王和皇后，不然我們要仰望誰？」

「妳可以仰望波拿巴，不管他是不是國王都行。」

但她就是沒辦法。他知道她沒辦法。促使這男人坐上王位的不只是虛榮心。

母親談起父母時也懷抱著遠行者歸家時的盼望。她想像中的他們沒有任何改變，在描述家中的家具時，也彷彿二十年來不會有任何移動跟破損的可能。她父親的鬍子還會是同樣的顏色。我理解她的盼望。我們總會把自己的一些問題怪在波拿巴身上。

時光擅長讓人變得耳聾目盲。人們會遺忘、會衰老，也會覺得無聊。曾經她是冒著生命危險逃離了父母，現在談起時卻充滿感情。她已經忘記了嗎？時光帶走了她的怒氣嗎？

她看著我。「我沒有因為老了變得更貪心，亨利。我接受所有現實，也不再去問承受這一切的原因。想念他們讓我愉快。愛他們讓我愉快。如此而已。」

我的臉變得火燙。我又有什麼權利去質疑她？我又有什麼權利奪走她

20 波旁王朝（Maison de Bourbon）創立於十三世紀，法國大革命中路易十六遭到處決後失勢，儘管有宣稱為路易十七世的繼承人，但當時法國已為共和國。

眼裡的光芒，還讓她覺得自己只是個又蠢又多愁善感的傢伙呢？我在她面前跪下，背對著燈火，胸口靠在她的膝頭。她始終握著手上在縫補的衣物。「你就跟以前的我一樣，」她說，「對人心的軟弱沒有耐性。」

雨下了好幾天。不是那種能讓人興奮的真正暴雨，而是花上半小時才能讓人溼透的細雨。我一直跑到不同人的家裡聊八卦、去見朋友，也幫忙修補蒐集所有需要處理的物件。我的神父朋友去朝聖了，所以我為他留下了自己最想收到的那種長信。

我喜歡剛剛落下的黑暗天色。那段時光還不算夜晚。那段時光仍然友善可親。就算獨行時沒提燈也不令人害怕。女孩們完成了最後的擠奶工作，走在回家的路上，此時就算我突然跳出來嚇她們，她們會大叫著追打我，但不會心跳加速。我不知道為何可以有一種黑暗跟其他黑暗如此不同。真正的黑暗更濃重，也更靜默，足以填滿你的外套跟心臟之間的所有空隙。那種黑暗能深入你的雙眼。當必須在深夜出門時，我害怕的不是他人的刀或拳打腳踢，儘管我知道許多人躲在牆後或灌木叢裡等著這麼做，我害怕的仍是黑暗本身。就算是雀躍地走著或沿路吹口哨都好，但只要站定五分鐘，就只在黑暗中的田野或小路上站定，你會在當下明白自己根本不想身在此地。黑暗會讓你一次只能前進一步。而且每踏出一步，都會有黑暗緊緊跟隨，而在踏出下一步之前，也看不到任何空間。黑暗是絕對的。走在黑暗中就像在水裡游泳，只是無法浮出去換氣。

夜裡躺著不動時的黑暗摸起來很軟，宛如鼴鼠皮，像是個足以使你窒息的美好物件。在鄉下我們仰賴月亮，沒有月光時就沒有任何光線足以射穿窗戶。此時窗戶遭到遮蔽，覆蓋上完美的黑色表面。瞎掉的感覺也就是這樣吧？我以前如此認定。有一名瞎掉的小販會固定前來造訪，他嘲笑我這個有關黑暗的故事，他說黑暗是他的妻子。我們會跟他買桶子，然後在廚房請他吃飽。他從不會把燉菜灑出來，也不會像我吃得到處都是。「我看得到，」他說，「只是用的不是眼睛。」

他去年冬天死了，我母親說。

現在是黑暗剛落下的時分，是我放假的最後一天。我們不打算做任何不尋常的事。我們不想去思考我必須再次離開的事。

我已經承諾我的母親，她可以在加冕典禮之後很快一起來到巴黎。我自己都沒去過，但光是想到可以去巴黎就讓道別顯得容易許多。多米諾屆時會在巴黎照料那匹荒唐的馬，他必須認真指導那匹狂暴的野獸，好讓牠能跟其他宮廷動物一起安靜列隊前行。沒人知道波拿巴為何堅持要讓那匹馬出席這麼重要的場合。那是一匹士兵的坐騎，不是能夠參與遊行的生物。但他總是提醒我們，他也是一名士兵。

克勞德終於上床睡覺後只剩我們獨處。我們沒說話，只是牽著手直到燈芯燒盡，就這麼坐在黑暗中。

沒有人在巴黎見過這麼多錢。

波拿巴家族的人針對所有事下了命令，小至使用何種奶油，大至找大衛[21]作畫。大衛曾諂媚地表示拿破崙的頭形正是羅馬人的完美頭形，因此這次就是委託他來為加冕儀式作畫。他每天都待在聖母院畫草圖，不然就是跟那些修補革命及破產連帶損害的工人吵架。銜命負責花飾的約瑟芬對花瓶及陳列不滿意。她已經針對從宮殿到天主堂的路徑擺設起草了一個計畫，而且就跟大衛一樣專注執行這個只能維持一天的傑作。我第一次遇見她是在撞球桌上，當時她正在跟德塔列朗先生[22]對打，那名紳士沒什麼球

21 賈克-路易・大衛（Jacques-Louis David，1748-1825）是法國新古典主義畫家中的傑出代表人物，也是雅各賓黨的一員。他極度推崇拿破崙，為他畫了數幅流傳後世的重要畫作。

22 夏爾・莫里斯・德塔列朗—佩里戈爾（Charles Maurice de Talleyrand-Périgord，1754-1838）出生於法國的貴族世家，後來成為主教及政治家。後來跟拿破崙決裂，也是讓波旁王朝復辟成功的關鍵角色。

類運動的天份。就算她身穿洋裝，布料要是攤平展開可以輕易鋪滿通往天主堂的地面，她彎腰和移動的姿態卻彷彿什麼都沒穿，還能用球桿畫出美妙的平行線。波拿巴將我打扮成男僕，命令我帶他的皇后殿下去享用下午茶點。她喜愛在下午四點吃甜瓜。德塔列朗先生則打算喝波爾多葡萄酒。

拿破崙的這種節慶心情讓他幾乎像個瘋子。他在兩天前的一場晚宴中打扮成教皇，一臉淫邪地問約瑟芬想跟天主親密到什麼程度。我緊盯著眼前的雞肉。

現在他要我換下士兵制服，改穿宮廷服飾。那件緊到不可思議的衣服讓他笑了出來。他喜歡笑，除了日夜隨時都愛泡愈來愈燙的熱水澡之外，他唯一的放鬆活動就是笑。宮殿裡的澡堂工人就跟廚房工人一樣永遠處於躁動不安的狀態，因為他隨時可能高喊著要泡熱水澡，如果當時浴缸沒有剛好裝滿，水也不是正好的溫度，不幸的災難就會降臨在當班人員的頭上。我只看過澡堂一次。那是一個寬闊的空間，浴缸跟風帆戰艦一樣大，角落有座巨大火爐，泡澡水就是靠那座火爐加熱後倒進浴缸，之後再倒回來重新加熱，如此反覆，直到他決定前來泡澡的那一刻才會停止。澡堂員工都是特別選過的法國頂尖公牛摔角者，可以獨力將銅製大水壺像茶杯一樣使用。他們上半身赤裸，只穿著水手的束腳褲，兩條腿的褲腳上有一條條汗水留下的深色痕跡。他們跟水手一樣也有各自配給的烈酒可喝，但不知道酒的原料為何。曾有一次，我把頭探進澡堂大門，被大量蒸汽及彷彿神燈精靈的巨大男人嚇得目瞪口呆，他是澡堂中體型最大的男人，名喚安德烈。他讓我從扁酒壺中喝了一口酒，我出於禮貌接受了，但立刻把那些咖啡色的液體吐在磁磚地上，因為酒實在燙到讓我不知所措。他捏了一下我的手臂，就像廚師在捏義大利麵條一樣，告訴我，環境愈熱，你愈會想喝熱辣的酒。

「不然你以為他們在馬丁尼克為何這麼愛喝蘭姆酒？」他誇張地眨眨眼，模仿起皇后殿下的走路方式。然而此刻她就在我面前，我害羞地不敢宣布是可以吃甜瓜的時間了。

德塔列朗先生咳了一聲。

「我不會因為你發出怪聲就失手喔，」她說。

他又咳了一聲，她抬頭發現我站在那裡，於是放下球桿，拿走我手上的托盤。

「我認識所有的僕役，但不知道你是誰。」

「我來自布洛涅，皇后陛下。我是來這裡負責料理雞肉的人。」

她笑了出來，眼神上下打量我這個人。

「你的穿著不像士兵。」

「確實不是，皇后陛下。但我接到命令，既然人在宮廷就得穿宮廷服飾。」

她點點頭。「我覺得你想怎麼穿都可以。我會跟他說要你來服侍我。難道你不會更想來服侍我嗎？甜瓜比雞肉甜美多囉。」

我嚇壞了。我千里迢迢而來又努力到這一步，結果卻得失去他嗎？

「不，皇后陛下。我無法處理甜瓜。我只懂雞肉。我有受過訓練。」

（我說話的方式就像個街頭的頑皮小子。）

她把手搭上我的手臂，但只有一下子，她的眼神非常銳利。

「我能看出你對此事的熱誠。走吧。」

真是謝天謝地，我鞠躬退出房間，一路跑向僕役宿舍，我在那裡有個屬於自己的小房間，那是身為特別服侍員才能有的特權。我在那裡放了幾本書、希望學會吹的笛子，還有我的日記。我把她寫進我的日記，或者說我試圖這麼做。

她迷惑我，就跟布洛涅的那些妓女一樣。我決定改寫跟拿破崙有關的事。

之後我一直很忙，宴會一場接一場舉辦，因為我們征服的所有領土都派人來恭喜即將上任的皇帝。當賓客肚子裡塞滿珍稀魚類、以及佐上新創醬料的小牛肉時，他仍是吃他的雞肉，而且每晚都要吃一整隻，通常還會忘記搭配蔬菜。從來沒人敢提起這件事。他只要咳一聲就會讓整個餐桌的人安靜。偶爾我會發現皇后陛下在看我，但要是我們眼神交會，她擺出要笑不笑的招牌表情，我就會立刻垂下眼神，畢竟就連注視她都是辜負他。她屬於他。我因此忌妒她。

在之後幾週，他愈來愈誇張地害怕遭到監禁或謀刺，但他不是怕自己出事，而是怕危及法國的未來。他要看我先嘗過所有食物才願意開動，而且還將衛兵人數加倍。甚至有謠言指出他會在睡前將床鋪仔細檢查一遍。但他睡的時間倒不是很多。他就像狗一樣可以隨時閉上眼睛打呼，但要是心裡有很多事也能連續幾天不睡，但他身邊所有將軍和朋友通常早已因為撐不住而倒成一片。

十一月底，距離加冕儀式只剩兩週時，他突然命令我回去布洛涅。他說我缺乏一名真正士兵需要受的訓練，說要是我能將毛瑟槍用得跟切肉刀一樣好，才能更好地服侍他。或許他看見我臉紅了，或許他得知了我的感情，畢竟他總能看穿大多數人的心。他用那種一如往常足以惹惱人的方式扭我的耳朵，保證為我在新年時準備了特別的工作。

所以我離開了這個即將綻放的夢想城市，之後才聽說了有關那個盛大早晨的二手消息：拿破崙將皇冠從教宗手中接過，放在自己頭上，然後再親自為約瑟芬加冕。大家說他把凱歌夫人[23]一整年的香檳存貨都買走了。凱歌夫人的丈夫過世沒多久，生意壓力全壓在她肩頭，面對一位國王的回歸也只能表示祝福。她不是唯一因此做到生意的人。巴黎的所有店家連續三天開門營業，眾人的狂歡點亮了每座水晶吊燈。那段時間只有老病之人

23 巴貝—妮可・龐沙丁（Barbe-Nicole Ponsardin，1777-1866）在成為寡婦之後被稱為「凱歌夫人」或「香檳貴夫人」。凱歌這個酒類品牌創立於一七七二年，這位寡婦在一八〇二年接手後進行了許多改革與創新行銷手法。

才會特地去睡覺，其他人則是不停買醉、瘋鬧，並且大肆享樂。（我沒把貴族算在裡面，但他們反正不重要。）

我在布洛涅糟糕的天氣中每天受訓十小時，晚上癱倒在潮濕的營帳內，身上只能蓋幾條不怎麼能禦寒的毯子。我們的補給狀態及營地條件向來很好，但營地在我離開的期間又增加了好幾千人，狂熱擁戴拿破崙的神職人員在佈道時讓這些人相信，若想前往天堂就先得踏上前往布洛涅的道路。沒有人能夠免於徵兵制度的篩選，負責新兵招募的長官得以決定誰能留下，誰又非走不可。到了聖誕節時，營地規模已壯大到超過十萬人，而且還有更多人即將加入。我們得不停來回搬運四十磅重的包裹，為了搬貨不停涉水入海又走上岸，我們起爭執時常近身肉搏，也努力利用所有的農地來餵飽自己，可食物始終還是不夠。拿破崙不喜歡我們的補給承包商，但我們仍透過他們從許多不知名區域取得大半肉品，而我懷疑那些肉類來源都是亞當不會認可的動物。我們每天可以分配到四磅麵包、四盎司的肉，還有四盎司的蔬菜。我們儘可能去偷取物資，當拿到薪水時，我們會拿去花在酒館的食物上，然後跑去酒館周遭的安靜社區大肆破壞。拿破崙本人親自命令將「賣身女」派去特殊的營地[24]。「賣身女」是軍隊使用的一種樂觀說法。他把根本沒理由活著、更遑論拿身體去做生意的妓女派去，她們的伙食通常比我們還糟，每日工時還會隨著我們的興致無限延長，而薪資又很差。鎮上那些身材豐腴的妓女很可憐她們，所以我們常看見她們帶著毛毯和一條條麵包造訪營地。這些賣身女都是從大家族逃家後誤入歧途的小女兒，或者是厭倦必須為爛醉主人奉獻身體的女僕，再不然就是無法在其他地方營生的老胖婦女。一抵達營地，她們就會收到一套內

24 這裡的「賣身女」用的是法文「vivandière」，原本的意思是「隨軍販賣各種生活用品的小販」，後來引申用來指稱軍妓。後面的「活著」用的是法文「vivant」，由於「vivandière」是「vivant」的衍生字，這裡才會出現「幫助維繫軍人存活需求的人本身卻沒有存活的理由」之意

衣和一件洋裝，但在帶著海鹽的風冷颼颼颳來的日子裡，這種裝扮只會讓她們的胸脯冷到不行。她們也會收到上級派發的披肩，但要是在當班時被看見使用披肩，就會遭到舉報及罰款：薪資原本就很微薄了，遇到罰款更會害她們會完全沒有收入。鎮上的妓女懂得保護自己，隨心所欲收費，而且每個顧客都是單獨計價，但這些賣身女卻被要求服務愈多男人愈好，而且還得不分日夜。我見過一個女人，在一場軍官派對之後只能爬著回家。她說她算到第三十九個人之後就搞不清楚了。

基督在被鞭打第三十九下時失去意識[25]。

那年冬天，我們大多數人被鹽粒及海風摩擦到的皮膚部位都很痛。最常見的疼痛發生在腳趾中間和上唇。就算是留了小鬍子，毛髮也只會讓紅腫發炎的狀況更嚴重。

賣身女在聖誕節時沒有休假，我們卻有，我們圍坐在額外添加柴薪的火堆邊，舉杯向多配給白蘭地給我們的皇帝致意。我偷來一頭鵝，派翠克和我在他的瞭望柱頂烹調後享用，心懷罪惡感卻又很愉快。我們應該分給大家吃才對，但現在這樣都已經吃不飽了。他跟我說了關於愛爾蘭的很多故事，那些故事中有泥炭火，也有居住在每座山丘底下的哥布林妖怪。

「當然有哥布林，那些小傢伙把我的靴子變得只有大拇指那麼小。」

他說他有一次溜出門偷獵，那是一個七月的舒適夜晚，夜幕剛剛落下，月亮已經升起，天上還有一整片漂亮的星星。穿越樹林時，他看見一圈綠火在燃燒，那圈火有一個人高，火圈中央有三個哥布林妖怪。他知道他們是哥布林妖怪而不是精靈，因為他們手上拿著鐵鍬，臉上還有蓄鬍。

「所以我保持安靜，就跟週六夜晚的教堂鐘聲一樣安靜，然後躡手躡腳靠

25 耶穌基督受到猶太人鞭打的次數不可考，但猶太人處刑時的鞭打都是以三十九次為一個單位。

近他們，我的動作就像山雞。」

他聽見他們在討論寶藏的事，那是他們從妖精手中偷來的寶藏，就埋在火圈中央的地底。突然之間，其中一個哥布林妖怪抬高鼻子，疑神疑鬼地到處嗅聞。

「我聞到一個男人的氣味，」他說，「渾身髒兮兮的男人，靴子上沾了泥巴。」另一個妖怪笑了。「所以呢？反正靴子上有泥巴的人進不了我們的祕密空間。」

「別冒險，我們走吧，」第一個哥布林妖怪說，接著他們一眨眼就消失了，那圈火也隨之消失無蹤。之後有段時間，派翠克動也不動地趴在草葉中，反覆思考著剛剛聽見的話。然後，確認自己身邊沒人後，他脫下靴子，小心接近剛剛那個火圈存在的地方。地面沒有任何燃燒的痕跡，但他的腳跟感到微微刺痛。

「所以我知道我到了一個神奇的地方。」

他挖了一整晚，但直到隔天早上，他除了幾隻鼴鼠和一大堆蚯蚓之外一無所獲。筋疲力盡的他回到了原本留下靴子的地方。

「就跟大拇指甲差不多大。」

他在口袋裡一陣搜索，遞給我一雙很小的靴子，那是一雙作工精緻的靴子，鞋跟有穿過的痕跡，鞋帶也有磨損。

「我發誓之前我能穿得下。」

我不知道該不該相信他，他看著我的眉毛挑起又放下，伸手要拿回那雙靴子。「我一路光腳走回家，隔天早晨要去主持彌撒時，我步履蹣跚，幾乎走不上聖壇。我實在太累了，所以跟教眾說那天休息。」他露出壞壞的微笑，捶了我的肩膀一拳。

「相信我，我在跟你說故事呢。」

他也會跟我說其他故事。比如有關童貞榮福瑪麗亞的故事，還有我們無法信靠她的故事。

「女人啊，她們總是比較聰明，」他說。

她們總能感覺到我們在說謊。童貞榮福瑪麗亞也是女人，不管她有多神聖都是個女人，就我所知，沒有任何男人的祈禱能獲得她的回應。你大可以沒日沒夜的向她禱告，但她不會聆聽你的需求。若是身為男人，有什麼需要還是去找耶穌就好。

我說了一些話，大意是說童貞榮福瑪麗亞是我們的中保[26]。

「她當然是，但她是女人的中保。怎麼說呢？我們老家有尊雕像，栩栩如生，你一看就會覺得是聖母本人。每次有女人帶著淚水和鮮花前來，我都會躲在柱子後面偷看，我可以向所有聖人發誓，那尊雕像真的會在她們面前動起來。但如果是手拿帽子的男人來向她要求一些有的沒的，口中念出禱詞，那尊雕像卻如同製作她的石材一樣，動也不動。我總是反覆跟他們說事實就是如此，直接去找耶穌吧，我會這樣跟那些男人說（附近就有一尊祂的雕像），但他們聽了也沒放心上，因為男人都喜歡相信眼前這個女人正在好好聽他說話。」

「你不向她祈禱嗎？」

「當然不會。你可以說我們之間存在某種共識。我照看她，付出適當的敬意，但我們各過各的。如果天主沒有侵犯她，她的個性一定會很不一樣。」

他在說什麼啊？

「是這樣的，女人喜歡別人尊重她們，她們喜歡別人碰自己之前先問過。我從來不覺得天主那樣做正確合宜，祂自作主張地派了天使過去，甚至沒留給她梳頭髮的時間，就自以為是地做出了所有決定。我認為她始終沒有原諒祂。祂太著急了。所以我不怪她現在姿態擺得那麼高。」

我從來沒有這樣想過天上母后。

派翠克明明很喜歡女孩子，而且也沒高尚到不會偷看的程度。

26 中保（mediator）指的是神與人之間的中間人，通常指的是耶穌基督。

「但如果要上床，在開始之前，我每次都會先給對方梳頭的時間。」

聖誕假期剩下的時間，我們都躲在瞭望柱頂的蘋果木桶後方打牌。但到了新年的前一天，派翠克往下掛好梯子，說我們要去參加聖餐禮。

「我不是信徒。」

「既然是朋友，就陪我一起去吧。」

他誘惑我，說結束後可以一起喝瓶白蘭地，所以我們穿越結凍的街道，抵達了一間海員的教堂，比起參加軍隊裡的禱告式，他更喜歡這裡。

教堂內逐漸充滿了鎮上的男男女女，他們為了禦寒把自己包得很緊，但仍穿了家中能找到的最體面衣物。只有我們兩人來自營區，在這種極端氣候中可能也是僅剩的兩個沒喝醉的人。教堂除了彩色玻璃窗和身披紅袍的天上母后雕像之外都很樸素。我無法克制地向她微微鞠躬，派翠克看見後對我露出那種壞壞的微笑。

我們用最有力的聲音一起歌唱。雖然我不是信徒，其他人的溫暖與親近態度仍融化了我的心，讓我也在漫天霜雪間看見了天主。樸素無色的窗面上霜雪交織，我們膝頭下的石頭地面如墓碑般冰冷。年紀較大的人擺出尊貴的微笑，孩子的髮絲如天使般細軟，比較窮的人則用繃帶為雙手保暖。

天上母后俯瞰著一切。

我們把髒污的祈禱書放到一邊，我們之中只有少數人能夠讀懂。我們用乾淨的心領受聖餐，已經把鬍鬚剪乾淨的派翠克才剛領完又跑到隊伍最後，最後成功領到了兩次。

「這樣受到的祝福加倍，」他悄聲對我說。

我本來完全沒打算領受聖餐，但又渴望一雙強壯的臂膀、篤定的依靠，以及包圍住我的靜謐神聖感受，這樣的渴望讓我無法克制地站起身沿走道往後走。所有陌生人與我眼神交會，那神態就彷彿他們一直都是我的父親。我跪在地上，焚香的氣味讓我有點頭暈，神父緩慢重複的話語平復了我狂亂的心，我再次想到人生中有天主相伴的可能性，也想到了我的母親，她現在一定也在距離我很遠的地方跪著，雙手捧成杯裝，準備領受屬於她的那份天國。在我的村莊裡，所有人的家裡勢必空蕩安靜，只有穀倉裡擠滿了人，這些人都是老實人，因為沒有教堂只好自己找地方充作教堂。他們也正領受著屬於他們的耶穌血肉。

那些勤奮堅忍的牲口都睡著了。

我把薄餅放在舌頭上，感覺舌頭正在灼燒。酒嘗起來是死人的味道，兩千個死人的味道。我在神父面前看見那些死者在控訴我。我看見那些清晨浸濕的帳篷。我看見乳房青紫的女人。我緊抓住聖餐杯，我可以感覺到神父正試圖把杯子從我手中拿走。

我緊抓住聖餐杯。

神父輕柔扳開我的手指，我看見銀杯在兩隻手掌上留下了印痕。這些就是烙印在我身上的恥辱嗎？每次有人死去或生不如死，我都會心傷悲痛嗎？身為士兵若是如此，最後一個士兵都不會剩下了。我們全會跟哥布林妖怪一起住在山丘。我們會跟人魚結婚。我們將永遠不會離開自己的家。

我在派翠克第二次領聖餐時丟下了他，走入教堂外極冷的黑夜。時間還不到十二點，目前沒有鐘聲在響，也沒有信號彈的火光被點燃，此刻還沒有這一切預示著新年的到來，並藉此稱頌天主和皇帝。

這一年過去了，我告訴自己。這一年已逐漸溜走，永遠不會回來。多米諾是對的，我們只能擁有此刻。忘了吧。忘了吧。你不能回到過去。你不能讓他們起死回生。

人們說每片雪花都是不同的。如果真是如此，世界怎麼可能繼續運轉？跪在地上的我們怎麼可能重新起身？我們此生怎麼有可能停止讚嘆這件事？

只能透過遺忘了。我們無法在心裡記住太多事。

我們只擁有此刻，我們什麼無法記住。

石板路上結了一層冰，但仍可以看見路面，有些孩子用紅色的裁縫粉筆在玩圈圈叉叉的遊戲。你玩，你贏，你玩，你輸。你就是要玩。令人無法抗拒的是遊戲本身。你為了所愛的事物下場遊戲擲骰子，一年擲過一年，你願意承擔的風險反映了你所珍愛的價值。我坐下，在冰面刮擦，畫出屬於自己的方格，還有純真的圈和憤怒的叉。跟我玩的對手可能會是魔鬼，也可能是天上母后、拿破崙或約瑟芬。但如果都要輸了，輸給誰還重要嗎？

教堂裡的人高唱起今年最後一曲讚美詩。不是那種在無趣週日時會聽見的不起勁歌聲，畢竟在那樣的週日，信眾都寧願待在床上或跟心上人待在一起。此刻的歌聲不是面對嚴厲天主時的冷淡呼求，而是充滿了足以在屋頂椽柱上縈繞不去的愛與信心，教堂的石材都因此被逼走了寒意，一塊塊石頭隨之共振呼喊。整座教堂都在震顫。

我的靈魂

我心尊主為大。[27]

是什麼讓他們如此喜樂？

是什麼讓又冷又窮的人們如此確信明年只會變得更好？是因為祂嗎？是因為坐在寶座上的祂嗎？是因為穿著樸制服的那位嬌小君主[28]嗎？

是什麼又重要嗎？為什麼我要質疑親眼目睹的真實？

有個頭髮凌亂的女子沿街向我走來，她的靴子在冰面擦出橘紅色的火花。她正在笑。她懷中緊抱著一個寶寶。她直直走向我。

「新年快樂，大兵。」

27 路加福音 1:46 的經文：瑪麗亞：「我心尊主為大。」

28 這裡使用了大寫的 Lord。

她的寶寶非常清醒，藍色的雙眼清澈明亮，好奇的手指本來在摸扣子，後來舉到鼻子邊再伸向我。我用雙臂抱住他們，三人以古怪的擁抱姿態在靠近牆邊的地方輕輕搖擺。讚美詩已經唱完了，我毫無預警地受到靜默襲擊。

寶寶打了一聲嗝。

海峽對面炸開了煙火，距離我們兩英里外的營地響起嘹亮的歡呼聲。那個女人往後退開，親吻我，然後踩著她會擦出火花的鞋跟消失了。天上母后也跟著她離去。

他們來了，他們已為了明年再次將上主[29]牢牢的迎入心中。他們手臂挽著手臂，大家緊靠在一起，有些人像參加婚禮的賓客一樣邁開大步緩慢走著。神父站在教堂門口的一片光暈中，在他身邊的是穿著鮮紅衣服的輔祭男童，他們正用手擋住可能吹熄手中蠟燭的風。我站在街道對面，眼神可以從教堂大門往內一路沿走道望向祭壇。此刻空空蕩蕩的教堂只剩下派翠克，他正背對著我，整個人靠在祭壇前的欄杆上。等到他走出來時，鐘聲已狂亂響起，至少有十幾個我從未見過的女人前來擁抱我，為我祝福。大多數男人仍站在教堂邊，各自聚成五、六人的小團體，但女人已經牽手形成一個大圓圈，擋住並塞滿了整條路面的空間。她們開始跳舞，一圈比一圈轉得更快，我的雙眼為了跟上她們的速度昏花起來。我沒聽出她們唱的是什麼歌，但歌聲很飽滿。

扣押我的心吧。

無論愛在哪裡，我就想在哪裡。我會跟隨著愛前行，如同困在內陸的鮭魚一定要找到海洋。

「喝喝這個，」派翠克把一個瓶子推向我。「你之後不可能喝到類似的

---

29 這裡也使用了大寫的Lord，有跟前面提到的君主互相呼應之意。這類呼應能在全書中反覆看見。

味道了。」

「你從哪搞來的？」我聞了聞木塞，那氣味圓潤、飽熟，且誘人。

「祭壇後面。他們總會把一些好酒私藏在那裡。」

我們走了幾英里路回到營地，遇見了一群士兵正抬著一個人。那傢伙為了慶祝新年跳進海裡，雖然沒死，但冷到說不出話來。他們正要把他帶去妓院取暖。

士兵和女人。世界正是如此運作。所有其他角色都是暫時的。所有其他角色都只是一種姿態。

我們那天晚上睡在伙房帳內，算是對難以想像的零度氣溫做出了讓步。這樣的氣溫也讓人失去感官功能。身體遇到無法承受的環境就會關閉自己，默默地在內部自行其事，等待更好的時機到來，因此讓你淪為麻痺無感又半死不活的存在。周遭許多人的身體都結了霜氣，喝醉的人直接從這一年睡到下一年，我們把葡萄酒和白蘭地喝完，將雙腳塞進馬鈴薯布袋底下，脫下靴子，但其他衣物都還留著。我聽著派翠克規律的呼吸因為一次鼾聲中斷。他已經迷失在那個充滿哥布林妖怪和寶藏的世界中，深信著自己一定能找到寶藏，就算只是在祭壇後方的一瓶乾紅葡萄酒也行。或許天上母后確實有照看他。

我清醒地躺著直到海鷗開始哭嚎。那是一八〇五年的新年第一天，我二十歲。

二

黑桃皇后

世間有座被水環繞的城市，城市中的街道都是水路，許多淤積的後街小路僅容老鼠通過。在這裡很容易迷路，你可能發現眼前有數百隻眼睛守護著背後滿是布袋和骨頭的骯髒宮殿。在這裡也很容易找對路，一旦找對了路，你就會遇見門口站的老女人，她會根據你的臉龐說出你的命運。

這是一座迷宮之城。你可以每天從某地出發後走到同一個地方，而且永遠不會經過同樣路徑。如果走到同一條路，那就一定是不小心走錯了。你如獵犬般靈敏的嗅覺在此毫無用武之地。你用指南針讀出的方位也沒有幫助。你自信滿滿地為路人給出路線指示，最後只會讓他們走到從未聽過的廣場，或跨越從未列在紀錄中的運河。

儘管你要去的地方就在面前，卻沒有所謂直直往前走這種事。追隨烏鴉飛行的捷徑也無法幫助你抵達就在水路對面的咖啡館。捷徑是貓走的路線，牠們能穿越小到不可思議的縫隙、繞過看起來會讓你走到反方向的街角。但在此地，在這座難以捉摸的城市中，你必須喚起你的信仰。

有了信仰，一切都成為可能。

有謠言說這座城市的居民會走在水上。更怪的是他們的腳長了蹼。不是所有人的腳，而是船夫的腳，他們的職業是世襲而來。

以下是那個傳說：

只要有船夫的妻子發現自己懷孕了，那麼到了滿月之夜，她得等到街上沒有晃蕩的行人後，用丈夫的船划到一座可怕的小島，那是座埋葬死人的小島。她必須在船頭留下一些迷迭香，這樣失去手腳的魂魄才無法跟著她回去，然後趕去家族中最近死去之人的墳前。她必須帶祭品來：一小壺酒、丈夫的一綹髮絲，還有一枚銀幣。她必須將祭品留在墳前，為自己可能生出的女兒祈求一顆乾淨的心，也為自己可能生出的兒子乞求一雙船夫的腳。過程中沒有時間可以浪費。她必須在日出前回去，之後還得把船灑滿鹽後放置一天一夜，唯有如此，船夫才能保住他們的祕密和生意。沒有新來的人可以跟他們搶生意，船夫無論面對多高額的賄賂，也不會脫掉自己的靴子。我曾見過遊客對著魚扔鑽石，但從未見過有船夫脫下他的靴子。

曾經有個懦弱又愚蠢的男人，他的妻子負責打掃船隻、賣魚、養大他們的孩子，每年只要到了適當的時候，她也會前往那座恐怖小島執行她的工作。他們的房子夏熱冬冷，食物根本不夠餵飽家中的太多人。這位船夫平常載運旅客在不同教堂之間來回，某次剛好跟一名男子聊了起來，對方提起了腳蹼的話題，還從口袋掏出一小袋金子後默默放在腳邊。冬天快要來了，船夫很瘦，他想反正只是解開一隻靴子的鞋帶，給這位訪客看看又能造成什麼傷害呢？隔天早上，幾名正要去主持彌撒的神父發現了這艘船，其中的旅客不停胡言亂語，還用手指拉扯自己的腳趾。船夫不見了。他們把那名旅客送去了瘋人院，瘋人院位於聖塞沃羅島[1]，是個幽靜的地方，專門照護有錢的殘缺人士。就我所知，他還在那裡。

至於那個船夫呢？

他是我父親。

我從來不認識他，因為我是在他消失後出生的。

留給我母親的只有一艘空蕩蕩的船，幾週之後，她發現自己懷孕了。她的未來仍有許多不確定之處，嚴格來說她也不再是船夫的妻子了，但她仍決定繼續執行那個陰森的儀式，於是在一個適合的夜晚，她安靜地划船穿越潟湖。就在她把船繩綁好時，一隻飛得很低的貓頭鷹翅膀掃過她的肩膀。她沒有受傷，但一邊大叫一邊往後退了一步，手上那支迷迭香落入海中。有那麼一刻，她考慮直接回頭離開，但還是在頭和肩膀劃了個十字，匆匆趕到她父親的墓前放上祭品。她知道這次應該把祭品獻給丈夫才對，但他沒有墳墓。還真符合他的一貫風格啊，她心想，無論是死是活，都在

---

1 聖塞沃羅島（San Servolo）在現實生活中也是位於威尼斯潟湖中的島嶼，大約八世紀開始建有修道院，十八世紀開始改作為軍醫院使用，後來又成為收容瘋人的地方。現在是博物館。

她的人生中缺席。她該做的事都做了，於是划船離開就連螃蟹都會避開的海岸，再用很多的鹽灑滿船隻，那些鹽重到船都沉了。

一定是童貞榮福瑪麗亞保護了她。她在我還沒出生前又結了婚。這次是個生意做得很好的烘焙師傅，週日還能放假。

我出生的時刻剛好發生了日蝕，我母親想盡辦法減緩分娩的速度，撐到日蝕結束才生下了我。但當時的我就跟現在一樣缺乏耐心，接生婦還在樓下加熱牛奶時，我就已經探出頭來：那顆漂亮的頭上有一簇紅髮，還有一雙足以彌補日蝕光芒的眼睛。

是個女孩。

那次的生產很順利，接生婦抓住我的腳踝，讓我頭下腳上的吊在半空中，直到我終於嚎哭出聲。但就在她們把我的身體攤開擦乾時，我母親昏倒了，接生婦也被迫開了另一瓶酒。

我的腳有蹼。

船夫的歷史中從未出現腳上有蹼的女孩。我母親在昏厥時看見了迷迭香的異象，因此自責一切都是因為她不夠小心。又或許她該怪的是自由自在地與烘焙師享樂的自己？自從我父親的船沉沒之後，她就沒再想起他，其實就算船沉之前也不怎麼想。接生婦拿出她的厚刃刀，提議要把出問題的部分切掉。我母親虛弱地點點頭，逕自想像我應該不會痛，又或者就算疼痛一時，也好過難堪一輩子。接生婦嘗試在我的第一、二根指頭間的半透明三角地帶劃上一刀，但她的刀直接被彈開，完全沒留下痕跡。她在我的十根趾頭之間試了一次又一次，但唯一的改變就是刀尖彎了。

「是童貞聖母的意思，」她最後說，然後喝光瓶子裡的酒。「沒有刀能切進去。」

我母親又是流淚又是嚎哭，就這樣一直哭到我繼父回家為止。他是個見多識廣的男人，不會只因為一雙有蹼的腳而輕易受到驚嚇。

「只要她穿著鞋子，就不會有人看見，等到要結婚的時候，說不定對方還是對她這雙腳感興趣呢。」

這話不知為何安慰到了我母親，我們之後過了十八年正常的家庭生活。

波拿巴在一七九七年拿下這座迷宮之城，我們自此或多或少開始縱情於享樂。畢竟本來過著自豪又自由的生活，突然間卻不再感到自豪及自由，你又能有什麼其他選擇呢？我們這裡成為一座孤島，其中充滿了瘋人、有錢人、無聊的人和變態的人。所有的輝煌時光已成過往，但我們不知節制的人生才剛要展開。那個男人突發奇想地摧毀了我們的教堂，搶走了我們的珍寶，他女人皇冠上的珠寶還是來自聖馬可大教堂[2]。但最令人痛苦的是，他奪走了許多我們栩栩如生的馬匹雕像，這些雕像的鑄造者是在魔鬼及天主之間施展了亦正亦邪的技法，以黃銅形式重現了生命樣態啊。他把那些馬從大教堂中拿走，丟到巴黎那座妓女之城內早已建好的廣場上。

我有四座熱愛的教堂，這四座教堂隔著潟湖俯看著那些座落在我們周遭的靜謐小島。他把這些教堂全數拆毀，就為了建一座公共花園。我們要一座公共花園做什麼？如果我們本來就有公共花園，而且是我們自己選擇要建的，那我們一定不會在其中種滿如同軍團列隊的一排排松樹。他們說約瑟芬是植物學家。難道她就不能替我們找來一些更有異國風情的植物嗎？我不恨法國人。我父親很喜歡他們。他們瘋狂熱愛各種傻氣的蛋糕，他的生意因此蒸蒸日上。

他也給了我一個法國名字。薇拉奈莉。夠美的名字了。

我不恨法國人。我當他們不存在。

我十八歲時開始在賭場工作。女生能做的工作不多。我不想因為學烘焙而在年老後雙手泛紅，前臂還壯得跟大腿沒兩樣。我也無法成為舞者，

2　聖馬可大教堂位於義大利威尼斯，全名為聖馬爾谷聖殿宗主教座堂（Basilica Cattedrale Patriarcale di San Marco），其前身最早建立於西元八二八年，是一座天主教的宗座聖殿。

至於原因可說顯而易見，而我本來最有機會做的行業，也就是去行船，卻也因為我的性別而不得其門而入。

但我確實偶爾會去划船，我會獨自沿著運河來回行船，甚至滑入潟湖。透過觀察和本能，我學會了船夫的各種獨門訣竅。

然後有那麼一次，我看見一艘船的船尾消失在一條看來荒僻的黑暗水道，我跟了上去，發現了很少人知道的城中之城。這座內城中住著小偷、猶太人和孩童，這些眼尾上翹的人來自東方的荒僻之地，他們無父無母，像貓和老鼠一樣成群結隊地漫遊而來，彼此總在爭搶食物。沒人知道他們為何在這裡，也不知道他們是搭乘哪種不正派的船隻前來。他們似乎都會在十二、三歲時死去，但就算死了也還是會有新人補充進來。我曾見過他們為了一堆骯髒的雞肉揮刀相向。

那裡也有流亡者。這些男人和女人曾住在光彩奪目的宮殿中，那些宮殿的大門優雅地朝波光粼粼的運河敞開。根據巴黎的官方登記，這些男女已正式死亡。然而他們人在這裡，袋子裡塞著各式各樣的金片碎塊。只要猶太人願意買下那種金片，金片也還沒賣完，他們就有辦法活下去。不過只要看見那些肚腹朝天的浮屍時，你就知道他們身上的金子都沒了。

有個住在這座沉默之城的女人手下有一整隊船隻、一整批貓，平日還經手香料交易。我看不出她可能的年紀，她的頭髮沾滿角落住處牆面上的發綠黏液，平日維生是仰賴潮水流動緩慢之際攀附在石頭上的植物性物質。她沒有牙齒。她不需要牙齒。她身上穿的仍是自己被拖走時掛在那間客廳的窗簾。她用其中一條包住身體，另一條像披風一樣從肩膀垂下。她睡覺時也穿成這樣。

我跟她說過話。她在聽見船經過的聲音時，從隱蔽角落住處探出頭，問我現在可能是幾點了。她從來不會直接問「現在幾點」，她是個哲學家，不會問這麼簡單的問題。我曾在某天剛入夜時看見她，她的一座檯燈正照射著那頭食屍鬼般的頭髮。她正把一片片腐肉在一條布上攤開，身邊有一支支高腳杯。

「我有客人要來吃晚餐，」當我從較遠的一側行船滑過時，她對我大吼，「本來也會邀請妳的，但不知道妳的名字。」

「薇拉奈莉，」我吼回去。

「妳是威尼斯人，卻用這樣一個名字偽裝自己。小心骰子和機運的遊戲。」

她回頭面對自己鋪開的那條布。後來我們還有見面，但她從未叫過我的名字，也沒有表現出認得我的跡象。

我去賭場上班，工作是負責推勾骰子、把牌攤開，還有在情況允許時偷扒別人的錢包。每天晚上都會有一整個地窖的香檳被人喝完，我們還會準備條不會餵飽的殘暴惡犬，以應付不肯付錢的人。我穿成男生的樣子，因為客人喜歡這樣。這也是賭博遊戲的一部分，就是去猜隱藏在緊身束腳褲和誇張妝容底下的究竟是何種性別……

當時是八月。那天是波拿巴生日，一個很熱的夜晚。我們正打算去參加一場在聖馬可廣場[3]舉辦的慶祝舞會，儘管我們威尼斯人也不覺得有什麼非慶祝不可。為了符合我們的習俗，舞會上必須穿花俏的衣著，賭場也準備了戶外賭桌和讓客人試手氣的小亭子。我們的城市擠滿了從法國和奧地利來享樂的人，英格蘭人則帶著一如往常的困惑情緒大量湧入，甚至還有一批想來此地尋歡的俄國人。我們最擅長的就是滿足來客需求，他們需要付出高昂代價，但也能確實獲得樂趣。

我把我的嘴唇塗成鮮紅色，並用過度厚重的白粉蓋滿整張臉龐。我不需要點美人痣，因為我本來就有一顆長在正確的地方。我穿著黃色的賭場

3 聖馬可廣場（Piazza San Marco）是威尼斯的中心廣場，聖馬可大教堂就位於廣場東側。

束腳褲，兩條褲腿上各有一條筆直條紋，上半身穿著可以把胸部藏住的海盜衫。這些是規定裝束，但小鬍子就是我好玩加上去的，或許也是為了自我保護吧。城中有太多陰暗巷弄，每到了節慶的夜晚，這些巷弄中更是充滿了打算對人上下其手的醉漢。

波拿巴曾語帶輕蔑地說聖馬可廣場是「歐洲最棒的客廳」，但總之這座廣場無可匹敵。我們的工程師已在廣場對面搭好綁滿火藥粉的木架子。這個木架將在午夜時分點燃，我心懷樂觀，因為屆時會有很多人抬頭往上看，也就會出現很多好扒的口袋。

舞會八點開始，我在賭運氣的攤位上開始了抽牌的夜晚。

抽到黑桃皇后就是贏，梅花一就是輸。再玩一次嗎？你要賭什麼？你的錶？你的馬？你的情婦？我喜歡嗅聞他們散發的著急氣味。就算是最冷靜、最有錢的人都會散發那種氣味。那是一種介於恐懼和性之間的氣味。是激情吧，我猜。

有個男人幾乎每晚都會來賭場跟我玩運氣遊戲。他身材高大，厚實的手掌就像烘焙師手下處理的麵團。每當他從後方捏住我的頸項，掌心上的汗水都會摩擦出聲響。我總是會隨身帶一條手帕。他穿著一件綠色的西裝背心，我曾在他脫掉外套時看見那件背心，因為唯有脫掉外套他才方便一直盯著扔出去的骰子。我猜他家裡一定有給他存好一大筆基金，一定是這樣。他可以在一瞬間花掉我一個月賺到的薪水。不過儘管他在賭桌上很瘋，個性卻很狡猾。大多數男人只要喝醉了，都會讓大家看到自己的口袋和錢包，因為想讓人知道自己多有錢或擁有多少金子。他卻把錢袋綁在長褲底下，每次去掏的時候還會背過身去。我絕對不可能扒到他的錢。

我不知道他的長褲下還可能有些什麼。

他對我也抱持同樣疑問。我發現他會盯著我的胯下看，有時我還會故意穿戴假屌來玩弄他。我的乳房很小，所以不會露出洩露身分的乳溝，而且我就女生而言長得很高，以威尼斯女生來說更是算高。

不知道他看到我的腳之後會說什麼。

今晚的他穿了最好的西裝來，小鬍子也打理得油油亮亮。我在他面前展開手上的牌面，收合，洗牌，再次展開。他選了一張。牌面低到不可能贏。再選一次吧。這次牌面太高。賭金沒收。他笑了，將一枚硬幣丟過櫃台。

「兩天前還沒有，今天就長了小鬍子呢。」

「我來自一個毛髮旺盛的家庭。」

「很適合你。」他的眼睛照例在我身上打量，但我動也不動地站在攤位後方。他又拿出一枚硬幣。我把牌在桌面攤開。紅心傑克。這是張不吉利的牌，但他不這麼想，他保證會再回來，還為了能在賭桌上做出幸運的決定而把那張牌隨身帶走。他的屁股把外套繃得好緊。這些傢伙總是愛把牌拿走。真不知道我是該去再拿一副出來，還是乾脆詐賭下一名顧客？不然就看下一個顧客是誰再說吧。

我愛夜晚。在很久很久以前的威尼斯，我們擁有自己的曆法，對這個世界漠不關心，當時我們的一天就是從夜晚展開。畢竟當我們的生意、祕密和人際手腕都仰賴黑暗時，太陽又有什麼用處呢？黑暗中的你擁有偽裝，這就是一座偽裝之城。在那些日子裡（我無法精確定義出時間，因為時間是依循白日天光的概念），只要太陽下山，當時的我們就會打開家門，沿著如同鰻魚的水道滑行，船頭點著有頂蓋的燈火。當時我們的船都是黑色，座落水面時不留痕跡。我們交易的是香水和絲綢，是琥珀和鑽石，也處理跟國家有關的政事。我們不是單純為了避免在水面通行而建造橋梁，實在不是這麼顯而易見的理由。橋梁是讓人見面的地方，一個中立的地方，一個隨興的地方。敵對雙方會選擇在橋上見面，會在那片無水的間隙平息紛爭。有人會跨越橋梁到達彼方，也有人不會跨越回來。對愛侶來說，橋梁代表一種可能，隱喻了他們可能擁有的各種機會。至於必須低調走私的貨品，又有哪裡比夜晚的橋梁更適合交易？

我們是非常哲學的民族，對貪婪及欲望的天性非常熟悉，而且同時牽著魔鬼及上帝的手。我們兩邊的手都不想放開。這樣一座活著的橋誘惑著所有人，你可能在此遺失或尋獲你的靈魂。

至於我們的靈魂呢？

他們全像連體嬰般緊緊相連。

跟過往的黑暗相比，今日的黑暗參雜了更多光線。這裡處處都能看見燈火，士兵喜歡看見街頭燈火通明，也喜歡在運河道上看見倒影。他們不信任我們不會發出聲響的雙腳和薄刃刀。儘管如此，黑暗仍得以尋獲，黑暗存在於無人使用的水道，或者遠離陸地的潟湖表面。沒有黑暗能跟那樣的黑暗相比。那樣的黑暗質地柔軟，手感沉重。你可以張開口任由黑暗沉入你的內裡，直到黑暗在肚腹中形成一顆封閉球體。你可以將那顆黑暗之球在手中把玩、可以躲開球的攻擊，也可以在其中游泳。你可以將黑暗當作一扇門打開。

老威尼斯人有著貓的雙眼，足以切穿濃重的夜色，帶領威尼斯人穿過無法穿越的所在，過程中不會有絲毫踉蹌。即便是現在，你還是會在白天時發現我們當中有些人的瞳孔變得很細。

我以前覺得黑暗和死亡應該是一樣的事，覺得死亡就是光的缺席，是只有陰影的國度，人們在那裡如同日常般買賣貨物及相愛，只是過程中更為缺乏信念。夜晚似乎比白日更像暫時存在的時光，尤其對愛侶而言，而且似乎充滿更多不確定性。夜晚透過這種方式總結了我們的人生：充滿不確定性的暫時性存在。我們總在白天忘記這件事。白天的我們只是無止盡地活下去。這是一座充滿不確定性的城市，無論路徑或人的臉龐都似像非像，而死亡就像這樣。我們永遠會認出我們從未見過的人。

但黑暗和死亡並不一樣。

其中一個只是暫時的，另一個不是。

我們的葬禮是美好的事。我們在夜裡舉行葬禮，藉此返回自己的黑暗根源。一艘艘黑色船隻掠過水面，棺材上釘的十字架是黑色煤玉。從我房間的高窗可以俯瞰兩條交錯的運河，我曾在此看見一名富人由十五艘船組成的喪禮船隊（船隻數量一定要是單數），沿著運河道滑過後進入潟湖。在此同時還有一艘貧民的喪船開入潟湖，上頭載運著沒塗亮光漆的棺材，負責划船的婦女力氣小到幾乎拖不動船槳。我以為他們會相撞，但有錢人的船夫避開了可能的衝撞，然後他的遺孀揮揮手，讓船隊在第十一艘船的地方退開空隙，讓那艘窮人的船開進來，還往對方的船頭扔了一條繩索過去綁住，這樣老婦人就只需要控制方向。他們靠著這樣的狀態朝恐怖的聖米迦勒島駛去，逐漸消失在我的視線之外。

就我而言，如果要死就希望獨自死去，而且要離這個世界遠遠的。我想要躺在五月的一顆溫暖石頭上，等到身上的最後一絲力氣流失後輕巧跌入運河。這種事仍可能在威尼斯發生。

現在的夜晚已經是為了尋歡作樂的人存在，他們也認定今晚會是滿足眾人享樂需求的精心傑作。這裡一下子有人用黃色舌頭吞火，那裡一下子又有頭熊在跳舞。突然又來了一班子小女孩，每個人甜美的身體粉嫩無毛，手上的銅盤盛著糖粉杏仁。現場有各式各樣的女人，但也不是全是女人。慕拉諾島[4]上的工人在廣場正中央打造出一只巨大的玻璃鞋，其中總是裝滿香檳，就算空了也會有人再裝滿。任何人若想從中喝香檳都得像條狗般去舔，而這些訪客愛死了。有個人已經因此溺死，但在這樣生命力旺盛的場景中，一個人的死去又有什麼差呢？

那座綁滿火藥的木架上方還吊著一些網子和高空鞦韆，許多特技演員在廣場上方盪來盪去，為底下跳舞的人投下詭譎的陰影。時不時就會有特

4 穆拉諾島（Murano）位於威尼斯的潟湖中，從十六世紀開始以色彩斑斕的玻璃製造工業聞名。

技演員用膝蓋窩吊在鞦韆上，在飛過廣場時隨意向下方的某人索吻。我喜歡這種吻。這種吻能瞬間讓口腔飽滿，但又會自由的離開。任何人若想要吻得好都得專心致志，不該同時毛手毛腳或讓心臟跳得太過急促，而是專注於唇與唇之間的純粹享樂。激情在細分又細分後更為甜美，就像水銀可以切分再切分，並在最後一刻才全數聚合。

你瞧，我可不是對愛情一無所知。

時間晚了，是誰戴著面具前來？她想要玩牌嗎？

她確實要。她的掌心握著一枚硬幣，我必須從中取走。她的皮膚很溫暖。我在桌面攤開撲克牌，她做出選擇，是方塊十、梅花三，然後是黑桃皇后。

「是張幸運牌，象徵著威尼斯。妳贏了。」

她對我微笑，拉下面具，露出灰綠中閃耀著碎金光芒的眼睛。她的顴骨又高又粗大，髮色比我的更深更紅。

「再玩一局？」

她搖搖頭，找侍者取來一瓶香檳，那可不是尋常的香檳，而是凱歌夫人香檳，那可是法國唯一的好東西。她沉默地舉杯慶祝，或許是慶祝自己的好運。拿到黑桃皇后是貨真價實的勝利，我們通常會儘可能避免這張牌被客人抽到。但她還是沒有開口，只是透過水晶杯望向我，然後突然喝光杯內的酒後輕撫我的臉。她的觸碰就是那麼一秒鐘的事，然後她走了，只留下我的心臟狂跳，還有那瓶剩下四分之三瓶的頂尖香檳。我把我的心和那瓶酒小心藏好。

我對愛情的看法很務實，男人和女人的美我都能欣賞，但我從不需要守護我的心。我的心是可靠的器官。

火藥在午夜點燃，聖馬可廣場上方的天空爆出成千上萬種色彩。煙火大概維持了半小時，我總算想辦法在那段期間扒到足夠的錢，好賄賂一個朋友來幫我顧一下抽牌攤位。我從儲藏間溜出去，跑向仍在冒泡的玻璃高跟鞋，我要去找她。

她消失了。現場可以看到好多臉龐、洋裝、面具和親吻，而且只要一轉身就會有人伸手試探些什麼，但就是沒有她。我被一名步兵攔下，他伸手遞出兩顆玻璃球，問我想不想把這些交換成我的？可我沒心情玩這些迷人的小遊戲，只是直接擠過他身邊，我的眼睛渴望捕捉到一些徵兆。

輪盤桌。賭博台。算命師。傳說中的三乳房女子。會唱歌的猿猴。雙倍速進行的骨牌遊戲和塔羅牌。

她不在這裡。

她哪裡都不在。

時間到了，我只好回去賭運氣的攤位，攤位上有滿滿的香檳和我空空的心。

「有個女人來找妳，」我的朋友說。「她留下這個。」

桌上是一支耳環。外表是羅馬樣式，形狀奇異，明顯是用年份久遠的黃K金製成，不是我們這個時代熟悉的材質。

我把耳環戴上，將牌在桌上攤成完美的扇形，取出黑桃皇后。今晚不該有其他人獲勝。在她需要之前，我會替她收好這張牌。

歡愉的氣氛很快消褪了。

到了凌晨三點，縱情享樂的人們已經逐漸消失，他們不是從聖馬可大教堂旁的拱廊門離開，就是攤躺在咖啡館中。那些咖啡館特地提早開門提供很濃的咖啡。場外的賭博遊戲結束了。賭場負責賭金出納的人正在打包外表浮誇的條紋輪盤，還有乘載眾人樂觀想望的厚呢桌布。我下班了，天色即將破曉。通常此時我會直接回家，並在半路上遇見正要去烘焙坊上班的繼父。他會拍拍我的肩膀，打趣地說我還真是在賺大錢啊。他是個有意思的傢伙，說這話時老是一邊聳肩一邊眨眼。他從來不覺得自己的女兒扮裝維生有哪裡奇怪，就算這女兒平日還兼差在賣二手錢包。但話說回來，就算是發現女兒出生時腳上有蹼，他也不覺得有哪裡奇怪。

「這世上還有很多更怪的事，」他說。

我想他說的沒錯。

不過今早是不可能回家了。我整個人亢奮不已，雙腿躁動不安，唯一合理的作法就是去借一艘船，用威尼斯人的方式來冷靜自己：去到水面上。

大運河上已有運送蔬菜的船隻在來回穿梭。我應該是唯一為了打發時間出現在水上的人，因此其他人無論是為了運貨在設法穩定船隻，又或者是在與人爭論，總之都會抓住空檔好奇地望向我。這些人是我的同類，他們想怎麼看就怎麼看。

我繼續往前推進，穿越里阿爾托橋下方，那是座奇怪的半橋，只要將橋往兩邊拉起，遭到分開的城市的兩邊就不會彼此交戰，但他們終究會重新接起那座橋，我們也還是會成為彼此親密的兄弟和母親。連接就能終結橋的悖論。

橋梁可以連結彼此，也能分開彼此。

往外划，經過伸出水面的屋宇，經過賭場，經過放貸公司和教堂和國家政府機關。就這樣往外划進潟湖，身邊只有風和海鷗相伴。船槳帶來篤定的感受，世世代代的人像這樣站在船上，節奏規律又自在地划著船槳。這座城市到處都有鬼魂在照看自己的家族。家族缺乏了祖先就無法完整。

我們的祖先。我們的歸屬。未來已藉由過去做出諭示，未來是因為過去才得以成立。若沒有過去和未來，現在擁有的當下便殘缺不全。時光的長流永恆存在，時光的長流完全屬於我們。遺忘毫無道理可言，而夢想是無可動搖的正道。唯有如此我們的當下才能富足。唯有如此當下才能完整。今早在潟湖上，過去就存在於我的手肘，就在我身側划動著槳，我看見未來在水面上波光粼粼。我在水中撞見自己的倒影，目睹自己可能成為的各種扭曲形貌。

要是找到她，我的未來會如何？

我會找到她。

激情是介於恐懼和性之間的情感。

激情與其說是一種情緒，不是說是一種命運。而我在面對激情的風時又能有什麼選擇呢？終究也只能放下船槳、升起船帆吧。

天色破曉。

之後幾星期，我都處在一種狂熱興奮的恍惚中。

這種狀態真的存在嗎？真的存在。那幾乎是某種精神失常的狀態。我在聖塞沃羅島上見過有些人跟我一樣。這種狀態的表現方式，就是讓人湧現一種想要永遠做某件事的衝動，無論那事多麼的缺乏意義。身體必須動作，心靈卻是一片空白。

我在街道上不停行走，划船繞著威尼斯移動，半夜醒來時發現被子糾結成不可思議的狀態，身體肌肉僵硬無比。我開始在賭場一天值兩輪班，下午時打扮成女人，晚上時打扮成年輕男子。只要有食物擺在面前我就吃，全身被疲倦一波波淹沒時才睡覺。

我的體重下降。

我發現自己瞪著一片空無發呆，還忘記自己在做什麼。

我覺得冷。

我始終沒去告解，天主不想要我們告解，祂想要我們去挑戰祂，但我確實有一陣子會去我們那邊的教堂，因為那是用了真心建造起來的教堂，是我以前從未理解也覺得不太可能存在的真心，那樣的真心充滿渴望，就連教堂的老舊石牆也仍會因那些真心的出神狂喜而高聲對主吶喊。這些教堂是溫暖的教堂，這些教堂建造於陽光之下。

我坐在教堂後方，聽著音樂或禮拜儀式中的朦朧話語。我從未受到天主引誘，但喜歡他設的這些陷阱。雖說不受引誘，但我開始理解為何他人會受到吸引。因為此刻我懷抱著這樣的激烈感受，這種不停威脅進逼的狂亂愛意，哪裡還會有比教堂更安全的地方呢？你會在哪裡收藏火藥？你要如何能夠於夜裡再次入睡？只要我跟此刻的我有絲毫不同，或許就會將這份激情轉化為神聖的情感，那麼也就能再次安睡，那麼我的出神狂喜就能是專屬於我的狂喜，我也就不用再害怕。

我有個臃腫的朋友認定我是女人，還要求要跟我結婚。他保證能讓我過上優渥生活，還能送我各種時髦禮物，只要我能在我們倆舒服的家裡繼續打扮成年輕男子。他喜歡我那樣。他說他會去幫我特製小鬍子和假屌，偶爾我們可以藉此來享樂，一邊玩各種花樣一邊喝個大醉。我在賭場的大庭廣眾下差點揮刀砍他，但威尼斯人的務實態度阻止了我，最後我暗暗決定藉此來找點樂子。為了緩解找不到她的痛苦，現在要我做什麼都行。

我總是在想他的錢是哪裡來的。繼承來的嗎？他還在靠母親幫忙繳帳單嗎？

不。他的錢都是自己賺的。他透過為法軍供應肉品和馬匹來賺錢。他賣的是連餵貓都不會用的肉，還有連乞丐都不想騎的馬。

他幹這種勾當怎麼能沒事？

沒有其他人能如此迅速地提供這麼大量的肉品和馬匹，哪裡都找不到這種人；但只要他下令就能立刻出貨。

波拿巴似乎就是這樣，如果一場戰爭要贏就得速戰速決。他就是這樣。他不在乎品質，只需要有所行動。他就是要他的手下花短短幾天徒步推進，再用短短幾天打完戰爭。他需要一聲令下就有馬匹出現。這樣就夠了。馬很爛又怎樣？手下身體吃壞又怎樣？只要他們撐的時間夠長即可。

我要跟一個賣肉的男人結婚了。

我讓他買香檳給我，而且只買頂級的。自從那個八月的炎熱夜晚之後，我就沒再嚐過凱歌夫人香檳。那股酒味沿舌頭直衝入我的喉嚨，讓我回想起好多其他事。那樣一瞬碰觸帶來的各種回憶啊。怎麼可能有任何事物是如此轉瞬即逝，卻又能滲透入所有隙縫？

但基督說，「跟隨我，」事情就成了。

因為深陷在這些夢境中，我幾乎沒感覺到他正在上下撫摸我的腿，手指也已經來到我的肚子上。我不禁想到魷魚和魷魚的吸盤，那感覺如此生動，我於是把他甩開後大吼著說我永遠不會跟他結婚，就算給我法國全境內由寡婦凱歌生產的酒，又或是多到足以裝滿威尼斯的假屌，都無法改變我的心意。他的臉總是紅通通的，我很難分辨他對這些羞辱有什麼反應。他從原本跪著的地方起身，整理好西裝背心，問我是否不想丟掉工作。

「我不會丟掉我的工作，因為我做得很好，而且像你這樣的客人每天都會為我走進賭場。」

然後他打了我。不是很用力，但我很震驚。我從來沒被打過。我打了回去，很用力。

他開始笑，走向我，把我推到牆邊，讓我的背部緊貼牆面。那種感覺就像被一堆魚蓋住。我沒有試圖移動，他的體重至少是我的兩倍重，而我可不是什麼超級女英雄。但我也沒什麼好損失，我已經在更快樂的過往時光中輸掉了一切。

他在我的襯衫留下一片汙漬，還向我丟了一枚硬幣，藉此跟我道別。

我對一個賣肉的男人能有什麼期望？

我回到了賭場內。

威尼斯的十一月是鼻粘膜炎的季節。鼻粘膜炎就跟聖馬可大教堂一樣是我們的重要歷史遺產。很久以前，在「三人議會」[5]用神祕手段進行統治的期間，若是他們打算將任何叛徒或運氣不好的傢伙做掉，通常都會對外宣稱這些人得了鼻粘膜炎。這樣大家都不會丟臉。這個季節的霧霾從潟湖滾滾襲來，大家的鼻腔因此出現惱人的充血問題，所有人也因此無法從廣場的一側看見另一側。十一月也會下雨，陰鬱又靜默的細雨，船夫只能身上披著溼透的破布坐著，無助地盯著運河。這種天氣把遊客都趕跑了，真要說來這大概是唯一的好處。就連鳳凰劇院的漂亮水門通道都變得灰濁。

某天下午，由於賭場和我自己都不需要我，我去了花神咖啡館，一邊喝酒一邊凝望著聖馬可廣場。那是令我心滿意足的休閒活動。

大概坐了一小時左右時，我感覺有人在看我。附近沒人，但有個傢伙從有點距離外的地方透過簾帳在看我。我把心思再次轉移開來。有什麼差呢？我們總是在看著某人或被某人看著。侍者手上拿著某個物件向我走來。

我打開，是一支耳環，跟我那支成對的耳環。

她就站在我面前，我意識到自己的穿著跟那晚一樣，因為晚點就要去工作。我把手放到嘴唇上方。

「你刮掉了，」她說。

我微笑。我說不出話來。

她邀請我隔天晚上一起用餐，我接下她給我的地址，接受了這份邀請。

那天晚上我在賭場努力思考自己該怎麼做。她以為我是個年輕男子，但我不是。我該以真實的姿態前往，開玩笑地把誤會解開後優雅離去嗎？但我的心一想及此就變得乾枯委頓。這麼快又要失去她了啊。怎樣算是真實的姿態？穿著束腳褲和靴子的我，有比穿著吊襪帶的我更不真實嗎？我讓她感興趣的部分到底是什麼？

5　一二二九年成立了治理威尼斯的「大議會」（Great Council），其中還有另外的「三人議會」（Council of Three）是用來監督大議會成員。

你玩，你贏，你玩，你輸。你就是要玩。

我小心地偷到夠買一瓶頂級香檳的錢。

愛侶遇到愈是重要的場合表現得愈差。他們會口乾舌燥、掌心冒汗、聊天聊不下去，一顆心從頭到尾都像是隨時要飛出去後再也不回來那樣。大家都知道愛侶很可能心臟病發。愛侶會因為緊張而喝太多酒導致表現不佳，還會因為吃太少而在熱切渴望的交合中昏倒。他們忘了怎麼投其所好，也很難維持住體面姿態。情況還不只如此。只要你重視的全都會出錯，無論是衣著、晚餐，還是事前準備的詩歌。

她的房子很雅致，就座落在一條僻靜的水道上方，款式新潮但不粗俗。寬敞的客廳兩側有漂亮的窗戶，壁爐大到可以讓一條獵狼犬在裡頭閒晃。客廳內的擺設簡單，就是一張橢圓形桌子和一張長躺椅[6]。另外有幾件中國來的簡單擺飾，每當有貨船經過時她就喜歡蒐集一些。她的牆上還掛了一些盒子，裡頭展示出各種詭異的死去昆蟲。我以前沒見過這種東西，不知為何有人鍾情於此種嗜好。

她帶我在屋子裡走動時站得離我很近，過程中還會指出某些圖畫和書籍給我看。走樓梯時，她為了指引方向用手扶住我的手肘，等要坐下用餐時，她沒有遵照一般的正式安排，而是讓我坐在她身旁，再擺了一瓶酒在我們中間。

我們聊起歌劇、戲劇、遊客、天氣還有我們各自的事。我告訴她我的生父之前是船夫，她笑著問我們的腳怎麼可能真的有蹼？

「當然有，」我說，她以為我在說笑話，於是笑得更誇張了。

我們吃過了。酒瓶也空了。她說自己很晚婚，之前也從沒想過會結

6　這裡用的是法文：Chaise-lounge。

婚，畢竟她的個性固執又能養活自己。她丈夫是從東方買進罕見的珍本及手稿的交易商，另外還會買賣標示出鷹首獅身獸巢穴和鯨魚棲息地的古地圖，還有那種號稱知道聖杯所在地的藏寶圖。他是一個很有文化素養的沉靜男子，她就喜歡他這樣。

他出遠門了。

我們吃過了，酒瓶也空了。除了緊張地胡言亂語或重複之前的話之外也沒什麼好說了。我已經跟她一起待了超過五小時，現在該是離開的時候。我們站起身，我在她正打算去拿些什麼時張開了雙臂，就這樣，她轉過身來倒進我的懷中，我的雙手落在她的肩胛骨上，她的手扶住我的背脊中央。我們有一陣子就這樣動也不動，直到我終於鼓起勇氣極為輕巧地開始親吻她的脖子。她沒有退開。我膽子大起來，開始親吻她的嘴，還稍微咬了她的下唇。

她也回吻我。

「我不能跟你做愛，」她說。

我鬆了一口氣，但又絕望。

「但我可以吻你。」

因此我們打從一開始就把親吻的愉悅獨立了出來。她躺在地毯上，我跟她的身體呈直角躺著，這樣只有嘴唇能碰到彼此。用這種方式親吻是一種最奇怪的分心方式。明明身體鼓譟著希望獲得滿足，但貪婪的慾望被迫僅靠著單一感官填滿，而且正如盲人聽得更清楚、聾人更能感受到草葉的增長一樣，此刻的嘴巴也成為愛意聚焦之處，導致穿越其中的一切都重新獲得定義。這是甜蜜又精準的折磨。

我又過了一陣子後才離開她家，但沒立刻回家，而是望著她從一個房間走過另一個房間，一盞一盞捻熄燈火。她往上走，關門將黑暗鎖在身後，直到整棟屋子只剩一盞燈，那就是她的房間了。她說自己常在丈夫出遠門時的午夜到凌晨閱讀，但今晚她沒讀書。她在窗邊站了一下子，然後整棟屋子黑了下來。

她正在想什麼呢？

她現在有什麼感覺呢？

我緩慢走過靜謐的廣場，跨過里阿爾托橋，橋下的霧氣已經在水面醞釀。所有船隻都被蓋上防水布，船上空蕩無人，只剩下把乘客木板椅底下當成家的貓。此刻四下無人，就連將裹著毛毯的自己蜷縮在他人門前的乞丐都沒看見。

怎麼可能這樣呢？前一天的一切都還井然有序，你對生活滿意，或許是有點憤世嫉俗吧，但基本上滿意，然後毫無預警的，你發現原本堅實的地面是道活板門，害現在的你掉進了完全不同的地方，你不但地理方位沒什麼把握，面對的外地習俗也完全不同。

旅行的人至少還有選擇。揚帆出航的人知道眼前的一切會跟家鄉有所不同。探險者也都有做好萬全的準備。但我們這些沿著血管旅行的人卻非如此，我們完全是因為機運來到自己的內在之城，而且毫無準備。我們原本是口才流利之人，現在卻覺得人生是一種不熟悉的外語。大約是沼澤和山區之間，大約是恐懼和性之間吧。大約是天主和魔鬼之間吧，你一不小心就闖了進去，而退出來的路只會更難走。

我很驚訝自己竟然說出這種話。我還年輕，還有整個世界在等我探索，反正一定還有機會遇到其他人。但自從遇見了她，我第一次感受到體內的反叛能量。那是我初次湧現的自我。我不會再見她了。我可以回家後把這些衣服丟掉繼續過日子。我如果想要也能搬出家裡。我確定只要我讓那個賣肉的男人嚐個一、兩次甜頭，就能說服他帶我去巴黎。

激情，我對激情吐口水。

我對著運河吐口水。

月亮從雲朵之間現身，是滿月，我想起我的母親，想起她懷抱信仰朝恐怖之島划船前去的畫面。

運河的水面看起來就像打磨過的黑玉。我緩慢脫下靴子，先是把鞋帶拉鬆，再慢慢將靴子扯下來。摺疊在腳趾間的是我自己的月亮，蒼白又朦朧，從未使用過。我常把玩它們，但從未想過它們或許真的可以使用。我母親不肯告訴我謠言是否為真，我也沒有身為船夫的表親或堂親。我的哥哥都已經離家了。

我可以在水面行走嗎？

可以嗎？

我在通往黑暗的滑溜階梯上蹣跚而小心地走著。畢竟當時是十一月。要是跌下去很可能會死。我每踩一步都嘗試讓腳在地面取得平衡，卻總是踩入冰冷的虛空。

一個女人有可能愛另一個女人，而且愛超過一個晚上嗎？

我踏了出去。到了隔天早上，他們說有個乞丐在里阿爾托橋附近到處跑，不停說有個年輕男子走過了運河，就像走過了堅實的地面。

我在跟你說故事呢。相信我。

再次跟她見面時，我借來一件軍官的制服，更精確地說，是偷來的。事情經過是這樣的。

午夜過後的賭場內，有名士兵來向我提議來場不尋常的賭博。如果我可以在撞球檯上打敗他，他可以把錢包送我當禮物。他把錢包舉到我面前。那是個圓形錢包，襯墊很細緻，我的體內一定有流著生父的血液，因為我始終無法抵抗錢包的誘惑。

那如果我輸了呢？我就得把我身為女性擁有的「小錢包」[7]送給他當

7 這裡暗示的是陰道。

禮物。他的意思再清楚不過了。

我們開始比賽，一旁有十幾個早已感到無聊的賭客在為我們歡呼，讓我驚訝的是，那名士兵撞球打得很好。一般來說只要在賭場待幾小時後，不管玩什麼都很難表現得好。

我輸了。

我們去了他的房間，他上女人時喜歡女人趴著，雙臂往兩邊伸開，像基督被釘上十字架一樣。他性能力很好，可說輕鬆寫意，結束後很快就睡著了。他跟我身高差不多。我把上衣和靴子留下，其他衣物都拿走。

她把我當成老朋友一樣招呼，而且直接問起了制服的事。

「你不是士兵啊。」

「現在流行這樣穿。」

我開始覺得自己像薩爾皮，就是那位威尼斯的神父兼外交官，他曾說自己從沒說過謊，但也沒跟所有人說實話。那天晚上有好幾次，在我們吃飯、喝酒和玩骰子的過程中，我都準備好要開口向她坦承真相。但我的舌頭彷彿發腫般不聽控制，心臟因為想要保護自己而彷彿要跳到喉頭。

「腳，」她說。

「什麼？」

「讓我撫摸你的腳。」

甜美的聖母啊，別要是我的腳吧。

「我從不在家以外的地方脫靴子。這是我的習慣，容易緊張。」

「那就把上衣脫掉吧。」

別是我的上衣啊，如果我掀起上衣，她就會發現我的乳房了。

「天氣這麼不宜人，脫掉恐怕不是聰明的選擇。大家都患上鼻粘膜炎。想想霧霾的問題吧。」

我看她垂下眼神。她以為我會表現得更慾望勃發嗎？

我能允許自己露出什麼？膝蓋嗎？

但我只是傾身向前，開始親吻她的脖子。她把我的頭埋進她的髮絲，讓我成了她的俘虜。她的氣味成為我的氧氣，之後當我又獨自一人時，我咒罵自己的鼻孔竟持續吸入日常空氣，害她的氣味從我的體內流失殆盡。

在我要離開時，她說，「我丈夫明天回來。」

噢。

在我要離開時，她說，「我不知道何時才能再見到你。」

她常這樣嗎？每次只要丈夫出遠門，她就會在街上遊走尋找像我這樣的對象嗎？威尼斯人各自有各自的懦弱及邪惡之處。或許也不只是威尼斯人如此。她會邀請他們來吃晚餐，用眼神捕捉住他們後再有點憂傷地說明她無法做愛？或許這就是她的激情所在之處，所謂基於激情受阻而生的激情。那我呢？每場賭局都可能出現足以威脅全局的萬用王牌。世情就是無法預料又無從控制。就算擁有篤定不顫抖的手和水晶球，我們也無法以想要的方式統御世界。海上有風暴，內陸也有其他風暴。只有從修道院窗戶看出去時，那些風暴才可能顯得寧靜。

我回到她家用力敲打那扇門。她打開一點門縫，表情看來很驚訝。

「我是女人，」我說，我冒著鼻粘膜炎的風險掀起上衣。

她微笑。「我知道。」

我沒回家。我留下了。

所有教堂都開始為了聖誕節做準備。聖母像都貼上金箔，耶穌像都重新上漆。神父拿出華美的金紅色長袍和氣味特別甜的焚香。我開始習慣一天去參加兩次禮拜儀式，就為了像是曬太陽一樣沐浴在我們上主帶來的慰藉中。關於想要擁有沐浴在陽光下的體驗，我這人只要能有就好，沒有良心可言。夏天時我靠著牆曬太陽，又或者像黎凡特地區的蜥蜴一樣待在金屬水溝蓋上。我喜歡木頭吸飽熱氣的感覺，如果可以的話還會把船開出去後直接躺在船底，在能夠沐浴陽光的水路上曬一整天。我的身體會在沐浴著陽光時放鬆，心思飄飛，不知道聖人談到自己神魂恍惚的體驗時是否就是這種感覺？我只見過來自東方的聖人。由於法律禁止了我們用其他動物去鬥牛的活動，我們為了彌補空檔辦了一場有關這些聖人的展覽。他們的身體就很放鬆，但我聽說是跟他們吃的食物有關。

沐浴陽光稱不上神聖之事，但如果獲得了和上教堂同樣的效果，天主難道會介意我們這樣說嗎？我不認為。舊約聖經中的結果總能將手段合理化。我們威尼斯人很懂這種事，我們是務實的民族。

這段時期的陽光已然消失，我得去找其他「沐浴」的方式。我上教堂獲取的沐浴體驗就是只取所需，不付任何代價。我只管自己想要的慰藉和喜樂，其他都不管，而且只有聖誕節去，復活節就不了。我向來懶得在復活節時上教堂，氣氛太陰鬱，而且那時候戶外已經又有陽光可曬了。

如果我去告解，會告解些什麼？說我扮裝嗎？我們的天主也曾扮裝，我們的神父也有扮裝。

說我偷竊嗎？我們的天主也曾偷竊，我們的神父也有偷竊。

說我陷入愛河嗎？

我所愛的對象去外地過聖誕節了。他們倆每年到了此時就會出遊，他和她一起。我以為我會介意，但除了前幾天感覺肚子和胸口都沉重得像裝滿石頭外，我一直都很快樂。幾乎可說徹底鬆了一口氣。我跟一些老朋友見了面，獨自行走時腳步也幾乎就跟以往一樣篤定自信。之所以鬆一口氣，是因為我不再需要跟她偷偷摸摸見面，也不用在百忙之中找時間相處。其中有一週她每天吃兩次早餐，一次在家，一次跟我一起；一次在家裡客廳，另一次是在聖馬可廣場。之後的午餐就成了她的災難。

她特別喜歡去劇院看戲，由於丈夫無法享受舞台表演，所以她通常自己去。有次她只看完其中一幕就在中場休息時跑來找我了。

威尼斯街上有很多淘氣的孩子，他們會幫心急的人們把訊息從一個人的掌心傳到另一人的掌心。在我們無法見面時，我們會把充滿愛意與急切的紙條送給彼此，而在可以見面時，我們的激情總是迅猛而激烈。

她為了我盛裝打扮。我從未見過她重複穿同一套衣服。

現在的我是個徹底自私的人。我只想到自己，我想何時起床就何時起床，而不再破曉就跑去期待她打開百葉窗的那一刻。我和侍者及賭客調情，記起自己向來享受這件事。我對自己歌唱，我沉浸於教堂中的沐浴體驗。這種自由是因為罕見而美好嗎？愛情的暫緩是因為短暫才受到歡迎？她要是永遠離開，我無法在這些日子過得那麼愉快。難道正是因為她會回來，我才能如此享受獨處時光？

無望的心因矛盾而壯大，那顆心渴望摯愛，但又因為摯愛不在身邊而偷偷鬆一口氣。那顆心在夜晚渴求愛的徵兆時逐漸委頓，但又在早餐時冷靜自持地現身。那顆心渴望穩定、忠誠、憐憫，同時又拿所有珍貴的事物來輪盤上對賭。

賭博不是惡行，是表達我們人性的一種方式。我們賭博。有些人在賭桌上賭，有些人在其他地方。

你玩，你贏，你玩，你輸。你就是要玩。

聖子已經出生。祂的母親獲得封聖。祂的父親遭人遺忘。天使在合唱馬廄中歌唱，天主則坐在每座教堂的屋頂上賜福給底下的人。多麼令人讚嘆啊，你讓自己與天主合一，但也與祂鬥智，並知道自己將同時獲勝及落敗。還有什麼方法，可以讓你毫無恐懼地去縱情享受身為受害者的強烈受虐快感呢？躺在祂的長矛之下吧，閉上你的雙眼，你還能在什麼其他地方感到如此冷靜自持？總之在戀愛中無法，絕對無法。

祂對你的需求遠大於你對祂的需求，因為祂知道無法支配你的後果，而你則對此一無所知，你可以隨意結束生命的一個篇章，重新開始新的一天。你在水面行走時，祂從未出現在你腦中，卻是忙著記錄水流衝擊你腳踝的精確力量。

沐浴其中吧。別管僧侶怎麼說，你不用早起就能遇見天主。你可以躺在教堂內的長椅上遇見天主。苦修是人創造出來的手段，因為人的存在不能沒有激情。宗教是一種介於恐懼及性之間的存在。至於天主呢？天主真的存在嗎？不透過我們談論祂的話語，祂有辦法存在嗎？那是一種耽溺，我認為，但不是激情。

在我們的夢中，我們偶爾會想掙扎著逃離慾海，爬上雅各的天梯，抵達井然有序的所在。但接著會有俗人的話語將我們喚醒，我們便再次滅頂。

新年前夕，一支熱鬧點滿燭火的船隊沿著大運河排開。無論富人或窮人都共享同一片水域，心懷同樣的夢想：下一年一定會更好。我的母親和父親為了幫助那些生病以及無依無靠的人，在烘焙坊儘可能送出一條條麵包。我父親喝醉了，大家必須阻止他繼續唱那些從法國妓院學來的詩歌。

在更遙遠的所在，隱蔽於內城之中，流亡者自己有為這個時節留下紀錄的方式。幽暗的運河道看來前所未有的幽暗，但只要仔細一點觀察，就會發現許多蠟黃身體上披著破破爛爛的綢緞，通往地下的洞穴口透出高腳杯的閃爍光芒。眼尾上吊的孩童偷來一頭山羊，在我划船經過他們身邊時莊嚴割開羊的喉嚨。他們停下手中沾血的刀，望著我好一陣子。

我的哲學家朋友待在她的陽台上。所謂的陽台就是把幾個籃子固定在她住的隱蔽角落兩側的金屬環上。她在頭上戴了某個東西，圓圈形狀，看起來又黑又重。我將船從她身邊划過，她問我現在可能是幾點？

「快到新年了。」

「我知道。聞起來很臭。」

她繼續剛剛用杯子舀起運河水的動作，喝了好幾大口。我又繼續往前划了一陣子，才意識到她戴的皇冠是用尾巴綁成一圈的老鼠。

我沒看見猶太人。今晚的他們有自己的事要忙。

天氣冷得刺骨，雖然沒有風，但冰涼的空氣讓我的肺都要結凍，還啃咬著我的嘴唇。我握著船槳的手指已經麻痺，幾乎想把船綁在岸邊，加入正趕往聖馬可教堂的人群中。但這不是適合擁有沐浴體驗的一晚。這是所有亡靈湧出的一夜，他們說著自己的方言，而能夠聽見的人會學到很多。她今晚在家。

我將船划過她家，屋內點著柔美的燈火，我希望瞥見她的剪影或一隻手臂，什麼徵兆都好。她不在我的視線範圍內，但我能想像她此刻正坐著閱讀，身旁放著一杯酒。她的丈夫會在書房仔細審視某個新到手的精采寶藏，尋找十字架的所在，或者通往火龍所在之處的地心通道。

我在她家的水門前停下，爬上欄杆，從窗戶望進去。她一個人呆著，沒有在讀書，而是盯著自己的兩隻掌心。我們曾經比較過我們的雙手，我的手充滿紋路，而她的手儘管存在世間較久，卻像孩童一般純真嫩白。她試圖看見什麼？她的未來嗎？明年的運勢？又或者她試圖理解過去，以藉此理解過去是如何影響了今日？有條掌紋反映了她對我的渴望嗎？她在尋找那條掌紋嗎？

我正打算輕拍窗戶時，她丈夫走了進來，她嚇了一跳。他親吻她的額頭，她微笑。我望著他們兩人，我在那一瞬間目睹的場景足以讓我日思夜想一整年。他們不像我們活在火力強大的激情熔爐中，他們的關係中有一種平靜，而那份平靜像刀子一樣刺入了我的心。

我因為寒冷而發抖，突然意識到自己正在兩層樓高的地方。就算是陷入愛河的人偶爾也會害怕。

聖馬可廣場的大鐘響起，時間是十一點四十五分。我匆忙回到自己船上，划船時雙手已失去知覺，雙腳也沒再踩入潟湖。在那樣的凝滯中，在那樣的靜默中，我想著我的未來，也想著我們只能在咖啡館碰面，而且完事後總得快速穿衣離開現場的關係能有什麼未來？人類的心很懂得自欺欺人，人類的心總是相信只要我們想要，就能讓太陽升起或玫瑰盛放。

在這座著魔的城市中，一切似乎都有可能發生。時光停滯。心臟猛力搏動。真實世界的律法遭到懸置。天主坐在橫樑上嘲笑魔鬼，而魔鬼則用尾巴戳弄我們的上主。這地方一直都這樣。人們說船夫的腳上有蹼，有乞丐說見過一名年輕男子走在水上。

如果妳真的離開我，我的心會化為水流走。

大鐘上的摩爾人將揮舞槌子輪流敲打大鐘。很快地，聖馬克廣場就會擠滿了很多人的身體，他們溫暖的鼻息往上飄，在頭頂形成小小的雲朵。我的鼻息像火龍一樣直直往前噴。眾人的祖先從水流之處發出吶喊，聖馬可教堂的風琴開始響起。在結凍和融化之間，在愛與絕望之間，在恐懼和性之間，激情就在那裡。我的船槳平貼在水面上。這是一八〇五年的新年第一天。

三

零度冬季[1]

世間沒有所謂到此為止的勝利。每次的勝利都會留下另一份憎恨，以及另一群受到擊潰及羞辱的人們。總會有另一個地方需要守衛、防禦，或者感到恐懼。在我來到這個寂寥的地方之前，我對戰爭的所知就跟任何兒童能告訴我的內容差不多。

「你會殺人嗎？亨利？」

我在她身邊蹲下。「不殺人，露易絲，只殺敵人。」

「敵人是什麼？」

「不跟你站在同一邊的人。」

當你是征服者時，沒有人跟你站在同一邊。你在世界上的敵人比朋友還要多。世間大多數的生命樸素而尋常，突然就會成為即將被殺死的男人和被強暴的女人嗎？奧地利人、普魯士人、義大利人、西班牙人、埃及人、英格蘭人、波蘭人、俄國人。這些人不是我們的敵人，就是我們的附庸。另外當然還有其他地方的人，但要列出來的太多了。

我們始終沒有真正入侵英格蘭。我們行軍離開布洛涅，留下那些小平底船在原地腐朽，轉而去跟第三同盟對打[2]。我們在烏爾姆[3]和奧斯特里茨[4]作戰，也去了埃勞[5]和費里德蘭[6]。我們作戰時沒有食物配給，靴子都穿到崩解，晚上只能睡兩到三小時，而且每天都死掉好幾千人。兩年之

1「零度冬天」（Zero Winter）影射了T．S．艾略特（Thomas Stearns Eliot）詩作中曾提過的「零度夏季」（Zero Summer）。因此指的並不是真的零度，而是失去所有溫度及感知的狀態。

2 第三（反法）同盟（Third Coalition）於一八於一八〇五年成立，成員包括大英帝國、奧地利帝國、俄羅斯帝國、那布勒斯王國及瑞典。

3 一八〇五年法國和巴伐利亞在烏爾姆（Ulm）和第三同盟的奧地利作戰。

4 一八〇五年底法軍在波希米亞的奧斯特里茨（Austerlitz）對戰沙俄與奧地利聯軍並取得關鍵勝利。

5 一八〇七年拿破崙在東普魯士的埃勞（Eylau）當地對戰第四反法同盟。

6 一八〇七年拿破崙在弗里德蘭（Friedland）戰役的獲勝促成第四同盟的瓦解，也結束了俄羅斯帝國與法國的敵對關係。

後，波拿巴站在一條河流中央的平底船上擁抱沙皇，說我們永遠不用再作戰了。阻礙我們的一直是英格蘭人，而現在有了俄國人跟我們站在一起，英格蘭人就會放過我們。不會再有聯盟之戰，也不再需要行軍。此後只需要享受熱麵包和法國的田園。

我們相信他。我們總是相信他。

我在奧斯特里茨失去了一隻眼睛。多米諾受傷了。至於仍跟我們待在一起的派翠克現在永遠只看得到下一瓶酒。這樣應該就夠了。我應該像所有其他士兵一樣消失，換個新的名字，在某個小村莊開間小店，或許還找個妻子。

我沒有預料自己會來到這裡。這裡的景觀很好，海鷗會飛進我的窗戶叼走麵包。這裡是世間少數會煮海鷗來吃的地方，但只限冬季，夏天的海鷗身上長滿蟲子。

冬季。

讓人難以想像的零度冬季。

「我們要行軍前往莫斯科，」遭到沙皇背叛之後的他這麼說。這不是他的本意，他想要的是快速取勝。俄國竟敢再次背叛他，他想對她來個迎頭痛擊。他以為能用以前打贏的方式贏得戰役。他就像馬戲團中的狗，以為所有觀眾都會對他的把戲讚嘆不已，但觀眾已經看膩了。俄國人甚至懶得正面迎擊拿破崙的大軍團，所以他們只是一路行軍並沿途燒毀所有村莊，害得大家沒食物可吃也沒地方可睡。他們就這樣一路行軍，走入了冬季，身上穿著夏季外套的我們也跟著走入了俄國的冬季，腳上踩進雪裡的是勉強黏好的靴子。每次有馬冷死時，我們會剖開牠們的肚子，把腳插進他們體內睡覺。有個男人的馬就在他身邊凍住，隔天早上他的腳已經無法從馬的肚子裡拿出來，就這樣被埋在又硬又扎人的內臟中。我們無法把他拉出來，只好丟下他離開。他始終沒有停止尖叫。

波拿巴是坐著雪橇移動，他不停沿著隊伍氣急敗壞地下達各種命令，希望可以讓我們能趕在俄國人之前搶先抵達某地，至少一次也好。我們根本不可能搶先他們。我們連走都走不太動了。

燒掉那些村莊的後果不只我們要承擔，住在那裡的村民也必須承擔。農民是看天吃飯的。就像我的母親和父親，他們接受每個季節的到來，他們仰首企盼收穫的那天。他們在白天時努力工作，用聖經和森林裡的故事來撫慰自己的內心。他們的森林中充滿亡靈，有些善良有些則否，但每個家庭都有快樂的故事可說，比如他們的孩子是如何被亡靈救回一命，又或者亡靈如何透過靈媒找回了他們唯一的乳牛。

他們把沙皇稱為「小父親」，他們把他當成是天主一樣崇敬。透過他們的素樸心思，我彷彿照鏡子一樣看見了自身的渴望，也第一次理解自己是因為需要一個「小父親」的需求，才來到如此遙遠的地方。他們崇尚的是家庭生活，只要能在夜裡拴上家門後享用濃湯和黑麵包就滿足了。他們靠歌唱抵禦夜晚，而且跟我們一樣會在冬天時把動物帶進廚房。冬天的寒冷實在太難以承受，地面比士兵的刀刃還堅硬。他們只能點亮燈火，靠著地窖裡的食物存活，做著關於春天的夢。

軍隊燒毀他們的村莊時，這些人還幫忙點燃自己的家園，藉此毀掉了多年的工作成果和所有身而為人的常識。他們是為了小父親這麼做的。他們將自己驅趕入零度冬季，他們或獨自或成雙，或跟著家族一同赴死。他們走進樹林坐在結凍的河邊，血液沒坐很久就涼了，但那段時間還夠我們經過時聽見他們其中一些人的歌聲。他們的歌聲被旋入激烈流動的空氣中，穿越自家的磚瓦遺跡後飄向我們。

我們不用一發子彈就殺死了他們。我祈禱雪能落下後永遠將他們掩埋起來。每當有雪落下，你幾乎可以確信世界又再次潔淨無瑕。

每一片雪花都不同嗎？沒人知道。

此刻我必須停止書寫。我得去運動了。他們預期你會在每天的同一時間運動，不然他們會擔心你的健康。他們希望讓我們在這裡保持健康，這樣來訪的客人才會滿意離開。我希望我今天能有訪客。

看著同袍死去還不是戰爭中最糟的事，最糟的是看他們活下去。我聽說了有關人體和人心的各種故事，聽見大家是如何適應各種環境，以及如何去選擇活下來。我聽說有人的皮膚受到陽光灼燒後長出新皮，但新皮又厚又黑，就像煮過頭的燕麥粥。還有人為了不被野生動物吃掉學會不再睡覺。肉體願意付出各種代價來緊抓住生命。肉體甚至會選擇吞食自己。人們在缺乏食物時成為食人族，先是吃掉人肉中的脂肪、然後是肌肉，最後是骨頭。我見過士兵因為飢寒交迫而失去神智，終究砍下了自己的手臂煮來吃。這樣砍最後能砍到什麼地步呢？兩隻手臂？兩條腿？耳朵？把軀幹切下一些？你可以砍到最後只剩一顆心臟在飽受蹂躪的肉體聖殿中跳動吧。

不，先砍心吧，這樣就不會再感到如此寒冷，也不會那麼痛了。沒了心臟之後，也沒有停手的理由。你的眼睛可以直視死亡而不會顫抖。真正背叛我們的正是那顆心，是那顆心讓我們流淚，讓我們在應該繼續行軍時選擇停下來埋葬自己的朋友。是那顆心讓我們在夜裡感到厭倦，是那顆心讓我們痛恨自己。同樣是那顆心會歡唱起老歌、會觸發溫暖的回憶，並讓我們在又走了一英里、又經過一座燃燒的村莊時感受意志搖擺不定。

為了活過這場零度冬季和這場戰爭，我們必須將心送去火葬，我們該永遠擺脫我們的心。世間沒有願意收購人心的當鋪。你無法把心用乾淨的布包好送進去，等時機比較好的時候再贖回。

面對死亡時，你無法理解自己對生命的激情，只能放棄這份激情。唯有如此才能開始存活。

那如果你拒絕呢？

如果你為每個自己殺死的人或摧毀的生命感到難過、因為毀掉農民經歷漫長時光才辛勞收穫的作物感到難過，也為了被你偷走未來的每個孩子感到難過，瘋狂會立刻把套索甩上你的脖子，帶你走入黑暗的樹林，那裡的河水汙染不潔，那裡的鳥群靜默無聲。

當我告訴你，跟我一起生活的是一群無心的男人時，我的描述完全正確。

隨著一週週過去，我們談起回家的話題，此時的家不再是我們吵架及相愛的地方，也不再是讓人激情之火熄滅、而且常有煩人工作得做的地方。家成為喜樂及理解的匯聚之地。我們開始相信我們打這場戰爭是為了能夠回家，是為了保持家的安全，是為了讓家保持我們開始想像的那個樣貌。既然現在我們已經沒有心了，也就沒有穩定生產一波波哀愁情懷的可靠器官，因此不再有那種情懷沾黏在我們的刺刀上，或餵養我們內心抑鬱消沉的陰濕之火。只要能讓我們撐下去，我們沒有什麼不能相信：比如天主站在我們這一邊，而俄國人是魔鬼。我們的妻子就靠這場戰爭了。法國就靠這場戰爭了。我們除了打這場戰爭之外別無選擇。

而其中最沉重的謊言呢？就是相信我們可以回家，繼續當初中斷的工作。並相信我們的心會跟狗一樣在家門後方等待著。

不是所有男人都跟尤里西斯一樣幸運。

氣溫逐漸降低，我們放棄說話，但始終懷抱著抵達莫斯科的希望。那座偉大的城市會有食物、暖火和朋友。波拿巴很有信心，他相信只要我們執行出致命一擊，和平也就是囊中之物。他已經在寫投降信了，其中充滿羞辱對方的言語，只在底部留給沙皇簽名的空間。他似乎認為我們快要贏了，但其實我們只是一直在追趕行程。不過他有毛皮裹身，他的血液中充滿樂觀情懷。

莫斯科是座充滿圓頂的城市，是建造來追求美麗的城市，其中充滿廣場以及敬神的元素。我確實見過那座城市，短暫見過。那些金色的圓頂被照出黃橘色光彩，其中空無一人。

他們放火燒了那座城市。就連波拿巴領先他的所有軍隊提前幾天抵達時，那座城市都還在熊熊燃燒，之後也燒個不停。那是一座很難燒光的城市。

我們與火焰隔了一段距離紮營，我在那天晚上為他送上一隻瘦巴巴的烤雞，旁邊撒了廚師珍藏在死人頭盔裡的荷蘭芹。我想我就是那晚知道自己不能再待下去了。我想我就是從那晚開始恨他。

我原本不知道恨是什麼樣的感覺，我是說由愛生恨的那種恨。那種恨如此龐大、如此迫切，並渴望能有些什麼來證明自己不該存在，卻又每天發現自己的存在果然有理，而且成長得愈發駭人。如果愛是激情，恨就是耽溺。恨是一種需求，你需要看到曾經愛過的對象變得軟弱、卑屈，而且不值得絲毫同情。你幾乎覺得作噁，尊嚴遙不可及。那樣的恨不只針對愛過的對象，也針對你自己；你怎麼可能愛過這種人？

派翠克在幾天後抵達，我在皮膚都要被凍破的寒冷中尋找他，然後發現他身上包著許多布袋，身旁放著一罐無色液體。他還在負責瞭望，這次是看敵方有沒有任何突襲動作，但始終還是醉醺醺的，大家也沒真的把他的瞭望報告當一回事。他對我揮動那只罐子，說是用一條命換來的。有名農民懇求他讓自己跟家人在寒冷中一起光榮死去，並在死前表示願意以這罐子作為派翠克的報酬。無論罐裡裝了什麼，總之讓他變得脾氣陰鬱。我聞了聞，感覺放了很久，有乾草的氣味。我開始哭，我的眼淚像鑽石般一顆顆落下。

派翠克撿起其中一顆，要我別浪費體內的鹽份。

彷彿在沉思什麼，他吃下那顆眼淚。

「跟這烈酒很配，真的配。」

有個故事是這樣，有名流亡公主的眼淚在行走時變成寶石。一隻喜鵲跟在她身後叼起所有寶石，放到一名體貼王子的窗台上。這名王子翻遍所有領土，終於找到公主，從此兩人過著幸福快樂的生活。喜鵲成了宮廷裡的鳥，獲贈一整座可以生活的橡樹林，而公主則把眼淚做成一串美妙的項鍊，不是為了穿戴，而是每次不快樂時能拿出來看。每次望著那串項鍊時，她就知道自己是快樂的。

「派翠克，我打算去沙漠。你要一起來嗎？」

他笑了。「我現在大概只能算是半死不活，但我很清楚，要是跟你一起出發走進這片荒野，我一定會死透。」

我沒有努力說服他。我們坐在一起分享布袋的溫暖及烈酒，各自做著不同的夢。

多米諾要一起來嗎？

他自從受傷之後就不太說話了，那次的傷害炸爛了他的半邊臉。他用一條布繞頭裹住，在傷疤處交疊以吸收滲血，但如果他在寒冷中待太久傷疤就會裂開，口中也會滿是血水和膿液。醫生解釋傷口縫合後出現了敗血症之類的問題。醫生聳聳肩。那是一場戰役，他盡力了，但到處都是需要處理的手臂和腿，除了葡萄白蘭地之外，根本也沒什麼能緩解疼痛及鎮靜傷口，他又能多做些什麼？太多士兵受傷了，他們死了都還比較好。垂著頭的多米諾被人抓著腋下扶到波拿巴的雪橇上，就這麼睡在收藏那座雪橇的簡陋帳篷裡。他很幸運，因為他負責照顧波拿巴的器材，就像我在軍官伙房工作也算是運氣好。我們都過得比較溫暖、吃得比較好。聽起來似乎很愜意……

我們避開了凍瘡肆虐的最糟糕處境，我們每天有食物吃。但帆布和馬鈴薯無法真正對抗零度冬季，若真要說，這兩項好處反而讓我們失去了冷死後不用面對現實的快樂。每次只要有士兵躺下並明白自己不可能再起身時，他們大多都會露出微笑。在雪裡睡去能帶來一種慰藉。

他看起來病了。

「我打算去沙漠，多米諾。你要一起來嗎？」

他一整天都無法開口說話，因為實在痛得太厲害，但他在帳篷底下仍然鬆浮的雪地寫上文字：

你瘋了。

「我沒瘋，多米諾，你從我入伍後就一直嘲笑我。你嘲笑了我八年。現在認真一點。」

他寫道：為什麼？

「因為我無法待在這裡。這些戰爭永遠不會結束。就算我們回家後也一定會有下一場戰爭。我以為他能永遠結束戰爭，他之前是這樣說的。再一場就好，他說，只要再打一場我們就能擁有和平，但總是有下一場。我想停下來了。」

他寫道：未來。然後劃上刪除線。

他是什麼意思？他指的是他的未來？還是我的未來？我想起那些充滿

海鹽氣味的日子，當時的太陽把草都照到枯黃，男人跟美人魚結婚。我就是在那時候開始寫那本小小的本子，現在都還隨身帶著，多米諾當時就對此不以為然，說未來不過就是一場夢。你能擁有的只有現在，亨利。

他從未談起自己想做什麼或想去哪裡，每次有人聚集在一起漫無目的地討論著以後可能擁有的更好生活，他也從不參加。他不相信未來，只相信現在，但我們的未來和我們共度的年歲已經無情地轉化為毫無二致的此刻，我因此更能理解他的意思。八年過去了，我還在打仗、烹調雞肉，等著能夠永遠回家。這八年來我們談著未來，並目睹未來終究成為了現在。多年來我們一直想，「明年吧，明年我就會在做不一樣的事了，」但明年的自己卻還是做著一模一樣的事。

未來。劃上刪除線。

這就是戰爭帶來的結果。

我不想再崇拜他了。我想犯下自己的錯誤。我想死在自己的時光中。

多米諾盯著我看。雪已經覆蓋掉他寫下的字。

他寫道：你去。

他試著微笑。他的嘴巴無法微笑，但雙眼明亮，而且用熟悉的老樣子跳躍起來，他以前就會這樣跳起來從最高的樹上摘下蘋果。他從燻黑的帆布頂端抓下一根冰柱，遞給我。

那根冰柱很美。凝結自寒冷的冰柱中央閃爍出光芒。我又看了一下，冰柱裡有東西從頂端一路延伸到底部。那是多米諾常戴在脖子上的細薄金鍊。他說那是他的護身符。他為什麼要凍在冰柱裡？又為什麼要給我？

他用手勢讓我了解，他因為臉上的潰瘍不再佩戴這條金鍊，所以清潔過之後掛在平常不會被人看見的地方，今早發現被冰裹住了。

一次尋常的奇蹟。

我想要還給他，但他一直把我推開，直到我點頭答應離開時會把金鍊掛在腰帶上。

我想我早就知道他不會一起走。他不會丟下那些馬。那些馬就是他擁有的現在。

等我回到伙房帳時，派翠克已經跟一個我沒見過的女人在等我了。她是個軍隊中的賣身女。這樣的賣身女早已沒剩幾位，現在都是在專門服務軍官。他們倆正在狼吞虎嚥地吞食雞腿，看到我時還遞過來一根。

「放心吧，」派翠克看到我驚恐的表情後說，「這些不屬於我們的君主，是我們這位朋友帶來的，我剛剛去找你時，她就在這裡把雞腿給煮了。」

「妳怎麼拿到的？」

「靠著幹男人換來的，俄國人有很多，留在莫斯科的俄國人也還很多。」

我臉紅起來，喃喃地說了些話，大意是在說俄國人都跑了。

她笑了，然後說俄國人有辦法在雪花之中藏匿自己，然後她說，「它們都不一樣。」

「什麼不一樣？」

「每一片雪花。沒想過吧。」

我確實有想過。我愛上了她。

我說我打算當晚離開，她問能不能跟我一起走。

「我可以幫你。」

就算她是個跛子，我也會帶她一起走。

「如果你們都打算離開，」派翠克把最後一點邪惡的烈酒喝光，「那我要一起走。我可不想自己待在這裡。」

我感到非常驚駭，一瞬間受到忌妒的情緒淹沒。

或許派翠克是愛她的？或許她也愛他？

愛情啊。在這樣的零度冬季。我在瞎想些什麼呢？

我們把她剩下的食物打包，還帶走了不少波拿巴的食物。

他信任我，我也從未讓他有不信任我的理由。

哎呀，就算是偉人也可能遇到出其不意的狀況啊。

我們把能拿的都拿了，她回來時身上裹著厚重毛皮，那是她從莫斯科帶回來的另一項紀念品。我在我們出發前溜進多米諾的帳篷，儘可能地把可以分出去的食物留給他，然後把我的名字刻在雪橇的結冰上。

我們離開了。

我們走了一個晚上和一個白天，期間完全沒停下。我們讓雙腿以笨拙的節奏不停前進，就害怕要是停下腳步，我們的肺或雙腿會被自己壓垮。我們沒說話，只是把口鼻儘可能緊緊包裹住，雙眼只睜開一個小縫。地面上已經沒有新雪了。我們沿途踩著堅硬的地面，鞋跟落地時發出清脆聲響。

我記得有個抱著寶寶的女人，她的鞋跟在卵石地面擦出火花。

「新年快樂，大兵。」

為何不管過去了多少年，快樂的回憶總感覺發生在昨天？

我們正沿著來時路前進，用燒得焦黑的村莊當作陰森的路標，但進度很緩慢，因為害怕要是完全沿著正常道路走，很可能會遇見俄國部隊或我軍，而這些人往往貪婪又走投無路。我們三人就是叛亂者，通常被稱為叛徒，要是遇上我軍不會受到寬容對待，也不可能有機會解釋。我們會在能找到的天然隱蔽處紮營，為了取暖緊靠在一起。我想撫摸她，但她的身體被包得好緊，我的雙手也戴著手套。

到了第七個晚上，我們走出一座森林後發現一間滿是低檔毛瑟槍的小屋，猜想應該是俄國部隊拋棄的，但現場沒看見任何人。我們累壞了，於是決定冒險在屋內過夜，利用槍管內的少量火藥生火。那是我們第一次在晚上有個真正遮風避雨的地方，甚至還可以脫掉靴子，派翠克和我很快就把腳趾靠近火堆烤火，就算可能對腳造成永久傷害也不管了。

　　我們的旅伴解開鞋帶，但沒把靴子脫下，我對她願意放棄這次意料之外的享受機會感到震驚，她發現之後說，「我父親是船夫，船夫是不脫靴子的。」我們沉默不語，可能是出於對她家族習俗的敬重，也可能只是單純感到疲憊，但是她主動表示若我們願意聽，她可以跟我們說她的故事。

　　「有火有故事，」派翠克說。「現在我們只需要來點暖身子的飲料了，」他伸手往深不可測的口袋裡掏，拿出另一罐瓶口有塞子的邪惡烈酒。

　　以下就是她的故事。

　　我一直是個賭徒。那是我的天生技能，就跟偷竊和談戀愛一樣。若是遇上本能無法應付的知識，我就透過在賭場的工作來學，我會去看別人如何賭博，去觀察大家看重什麼，並因此願意冒險拿什麼來賭。我知道如何讓一場挑戰變得讓人難以抗拒。我們賭博是希望可以贏，但讓我們興奮的卻是落敗的可能性。

賭博的手法總是各有千秋，無論是撲克牌、骰子、骨牌或距骨，這類偏好都只是無關緊要的細節。所有賭徒都會流汗。我來自一個運氣之城，在那裡什麼都可能發生，但一切都有代價。在這座城市裡，常常有人能一夜贏得或輸掉大筆財富。這地方一直都這樣。載運絲綢和香料的船隻會沉沒，僕人可能背叛主人，祕密會遭到揭露，喪鐘隨時會因為又一場意外死亡而敲響。不過這個地方也永遠歡迎身無分文的冒險者到來，他們不但本身代表了好運，通常也會沾染到這份好運。有些走路來的人最後騎著馬離開，另外有些人一開始大肆宣傳自己的資產雄厚，最後卻在里阿爾托橋下行乞。這地方一直都這樣。

精明的賭徒永遠不會把財產賭光，總會留一點下次賭，就算只是一支懷錶或一條獵犬也好。但魔鬼的賭徒會留下非常珍貴的事物，那種一輩子只能拿來賭一次的事物。這種人會把珍貴事物藏在一片隱密牆板後方，沒有人會想到他擁有那種價值連城的美好事物。

我就認識過這樣一個人，他不是那種每次下注後就要擤鼻子的醉漢，也不是那種寧願輸到脫衣服都不願回家的賭博上癮者。他是大家口中會拿金子和死亡做買賣的精明男人。他有時輸得很慘，賭徒常常這樣；有時也會意外獲勝，賭徒也常常這樣，但他始終沒展現出情緒，我因此從未懷疑他有什麼重要的身家可以賭。就是個把賭博當嗜好的人吧，我心想，總之沒把他當一回事。是這樣的，我喜歡感受到激情，我喜歡別人焦急或走投無路的樣子。

我不該不把他當一回事的。他正在等待足以引誘他賭上珍貴事物的賭注。他是個真正的賭徒，他準備好拿出價值連城的美好事物來賭，但不願意只換得一條狗、一隻公雞，又或者只因為一場隨便的骰子遊戲。

在一個靜謐的夜晚，賭桌只坐滿一半，骨牌組都靜靜躺在盒子裡，他卻在場內到處遊蕩、焦躁不安，又是喝酒又是找人調情。

我覺得無聊。

然後有個男人走了進來，他不是常客，我們誰也不認識他，在漫不經心地玩了幾場運氣遊戲後，他仔細觀察到了這號人物，開始跟他搭話。他們熱烈聊了超過半小時，我們以為他們一定是老朋友，這麼假定之後也就習慣性地對這兩人失去興趣。但在這位身體怪異地弓著的人陪伴下，這個有錢人要求離開賭桌，打算向大家宣布一項最驚人的賭注，我們於是清空了賭場中央讓他發言。

他的這位夥伴沒人認識，但似乎是來自黎凡特的荒野之地，那裡是奇異蜥蜴和其他不尋常生物的生長地。在他的國家，沒有男人會拿一些無關痛癢的資產來賭桌上賭，他們賭得更大。

他們賭命。

賭注就是命。贏家可以用任何想要的方式取走輸家的性命。他可以慢慢地選擇該怎麼做，多悠哉都可以，而且可以選擇任何工具。總之確定的是，只有一人能夠免於一死。

我們的這位有錢朋友顯然很興奮。他的雙眼越過賭場內的一張張臉龐和賭桌，望入一個我們無法身處其中的空間，那是一個充滿痛苦及失落的空間。可能輸掉財富對他來說有什麼大不了呢？

他有的是財產可以輸。

可能輸掉情婦對他來說有什麼大不了呢？

世間的女人夠他輸了。

可能輸掉性命對他來說有什麼大不了呢？

他只有一條命。他可珍惜了。

當晚有很多人求他別這麼做，他們在這個來歷不明的老人身上看到了邪惡的地方，或許也害怕對方跟自己提議同樣的賭局，並害怕拒絕後的下場。

你願意下的賭注反映了你所珍視的事物。

條件如下。

這是一場三段式的賭博遊戲。

第一段遊戲，輪盤，命運是主宰一切的皇后。

第二段遊戲，撲克牌，技術佔有一席之地。

第三段遊戲，骨牌，技術極為重要，只是偽裝成一切是靠運氣的樣子。

命運的皇后會穿戴上屬於你的顏色嗎？

這是一座偽裝之城。

雙方同意了這些條件後找了人來嚴格執行。這場賭博遊戲採三戰兩勝制，若遇上旁觀者大喊「不！這算平手」時，就由賭場經理隨機決定獲勝者。

這些條件看起來很公平，尤其在這個充滿欺瞞的世界可說再公平不過了。但儘管這個來歷不明的傢伙看似謙遜又不具威脅性，卻還是讓有些人感到不安。

如果魔鬼要玩骰子，看起來就會是這樣嗎？

還是他會低調靜默地前來，靠近我們耳邊低語？

如果他是以光明天使的姿態前來，我們一定會立刻有所防備吧。

指令已下：遊戲開始。

第一場遊戲進行時，我們都在喝酒，我們望著紅色和黑色的輪盤條紋在我們手下旋轉，望著閃亮的金屬格柵跟輪盤上的數字嬉戲，一下跟這個數字玩、一下跟那個數字玩，一派天真地無視輸贏。一開始我們的有錢朋友看似贏定了，但到了最後一刻，那顆球從原本的格子中彈出，令人腸胃翻攪的漸慢聲音響起，確認了那是最後一次改變命運的機會。

輪盤逐漸停下。

命運眷顧的是那位陌生人。

現場一陣安靜，我們期待窺見一點反應，比如一方顯得憂心，另一方顯得滿意，但他們卻如蠟像般面無表情直接起身走向乘載眾人樂觀想望的厚呢桌布。撲克牌時間到了。沒有人知道自己會拿到什麼牌。你只能信任自己的雙手。

快速發牌。這些人早已習慣了這類遊戲。

他們大概玩了一小時，我們就在旁邊喝酒。我們喝酒是為了保持嘴唇濕潤，因為每次只要有牌丟出，而陌生人看來確定要贏的時候，我們都會口乾舌燥。現場有種陌生人一定不能贏的詭譎氣氛，他一定得為了我們輸掉。透過現場所有人的意志力，我們希望這位有錢的朋友能完美結合智慧及運氣，而他也確實做到了。

他在撲克牌這場賭局中贏了，他們打成平手。

在骨牌前坐下之前，兩個男人彼此凝望了一陣子，各自的臉上都浮現一些不同氣息。我們那位有錢的朋友變得更充滿算計，而他的挑戰者則變得更為細心，不再像之前充滿狼一般的兇殘氣息。

我們打從一開始就能明顯看出兩人在這場遊戲中勢均力敵。他們打牌的姿態熟練靈巧，一邊判斷空白牌和數字牌該如何排列，極度快速地做出計算，同時還能擾亂對方的判斷。我們已經停止喝酒。現場沒有任何聲響或動作，只有骨牌在大理石桌上敲擊的清脆聲響。

時間已過午夜。我聽見水流在底下拍打石頭的聲音。我聽見我的唾液滑過喉嚨。我聽見骨牌敲打著大理石桌。

一片骨牌都不剩了。沒有空白牌了。

陌生人贏了。

兩人同時停止動作，握手。有錢人把雙手放上大理石桌，我們看見那雙手在顫抖。那雙細緻而安逸的手正在發抖。陌生人注意到了，臉上露出了小小的微笑，表示他們應該兌現這場遊戲的賭注。

我們沒人開口，也沒人試圖阻止他。我們希望這件事發生嗎？我們希望靠一條命的損失換來更多人的生存嗎？

我不知道我們的動機為何，我只知道我們保持沉默。

死亡方式如下：分段肢解，從雙手開始。

那位有錢人點點頭，動作輕巧到幾乎難以察覺，他對我們鞠躬，然後在陌生人的陪伴下離開。我們沒再聽見任何聲響，也沒再看到他們當中的任何一人，但幾個月後的某一天，就在我們安慰自己一切不過是個玩笑，他們一定是在轉過街角後各走各的路便消失在我們眼前，藉此嚇唬了大家一下而已，我們卻收到了一雙手，那雙手整理得很漂亮，非常白，放在玻璃盒內的綠色厚呢布上。左手的食指和大拇指之間放了一顆輪盤球，右手的食指和大拇指之間放了一片骨牌。

賭場經理將這個玻璃盒掛在牆上，直到今日都還掛著。

我曾說在隱密牆板後方藏有那種價值連城的美好事物。我們並不會一直意識到它的存在，也不會一直知道自己不想給人窺探的是什麼，甚至不知道有時我們防範的對象就是我們自己。

八年前有這麼一晚，在毫無預警的情況下，有隻手切開了我的隱密牆板，讓我看見我不讓自己看見的是什麼。

我的心是可靠的器官，我藏匿的怎麼可能是我的心？我的心每天努力工作，嘲笑人生，而且從不洩漏祕密。我見過來自東方的木頭娃娃，那種娃娃裡頭總會藏著另一個娃娃，所以我知道心是有可能把自己藏起來。

我加入的是一場運氣遊戲，賭注就是我的心。這場遊戲只有辦法玩一次。

這種遊戲最好是玩都不要玩。

對手是我愛的女人，你必須承認這不是常見的狀況。我只認識她五個月，一起睡了九個晚上，此後再也沒見過她。你得承認這不是常見的狀況。

比起骰子，我一直更喜歡玩撲克牌，所以對我來說，抽到尋常規則之外的萬用王牌不該意外才對。

是黑桃皇后。

她過著簡樸優雅的生活，她的丈夫偶爾會被找去檢視新出土的罕見珍品（他是交易古籍和地圖的商人）；我們剛認識沒多久，他就被找去工作了。那九天八夜，我們都待在她的房子裡，從未打開大門，也始終沒有望向窗外。

我們全裸但不羞恥。

我們很快樂。

第九天時，她把我丟下了一陣子，因為在丈夫回來前有些家務得處理。那天的大雨敲打窗戶，雨水溢滿屋子底下的運河，還將水面下的大量垃圾翻攪出來，餵飽了老鼠和活在陰暗迷宮中的流亡者。當時是新年的剛開始，她跟我說她愛我。我從未懷疑過她的話，因為可以感覺到那份情感是多麼真實。每次她觸碰我時，我都知道自己是被愛的，也能感覺到未曾有過的激情。那是我在他人或自己身上都沒有見識過的激情。

今日的愛是一種時尚，而在這樣一座講求時尚的城市，我們知道如何看清愛情並保護自己的心不受動搖。我本來認定自己是個文明女性，現在卻發現自己是個野人。一想到可能失去她，與其感覺自己像頭沒有朋友的野獸，我更寧願找個荒蕪人跡的所在和她一起溺死。

第九個晚上一如往常只有我們在屋內吃喝，僕役都被差遣走了。她喜歡用香料烹調蛋捲，所以我們吃蛋捲搭配跟商人買來的熟成小蘿蔔。有時我們的對話無以為繼，我在她的眼裡看見了明天。明天我們將分開繼續過著各自的生活，只能在不熟悉的角落進行彷彿陌生的會面。我們有一間常去的咖啡館，裡頭總是坐滿來自帕多瓦[7]的學生跟尋求靈感的藝術家。她在那裡沒人認識。那裡不可能會有認出她的朋友。因此在這上天餽贈的九個晚上之前，我們都是在那裡見面，共享不屬於我們兩人的時光。

我沒有回應她的憂傷，那憂傷太過沉重。

這是個早上醒來時必須靠運氣才能見到的人，愛著這種人毫無道理。賭徒是因為想要獲勝而深入賭局，因為害怕落敗而顫慄，獲勝時則總會相信好運會讓他再贏一次。

如果可以擁有九個晚上，為什麼不會有第十個晚上？所以賭局繼續，時間流逝，我等著第十晚的到來，等著再次獲勝，但從頭到尾都只是一點一滴輸掉那無從取代且價值連城的美好事物。

她丈夫只願意交易真正獨一無二的珍品，絕不買其他人可能擁有的寶物。

他願意買下我的心給她嗎？

我已經拿我的心下注了九晚。隔天早上離開時，我沒表示會再跟她見面，就是完全沒作任何安排，而她也沒逼我這麼做，她常說自己開始隨著年紀增長學會知足常樂，不再對人生有什麼奢求。

然後我離開了。

每次想去找她時，我就去賭場觀賞某個蠢貨在賭桌上自取其辱。我可以再去賭一晚，我可以再讓自己輸掉一些，但第十晚之後還會有第十一晚，然後是第十二晚，之後就是不停延伸至靜默的虛空，而那片虛空正是永遠感覺無法滿足的痛楚。那片虛空中滿是挨餓的孩子。她愛她的丈夫。

我決定要結婚。

7 帕多瓦（Padua）是位於義大利北部的城市，其中的帕多瓦大學是義大利歷史第二悠久的大學。

有個男人想要我一陣子了，我拒絕過他，還咒罵他，就是看不起他。那是個有著肥手指的有錢男人。他喜歡我穿成男生的模樣，我也偶爾喜歡穿成男生的模樣。我們對於這點有共識。

他每天晚上來賭場下極度高額的賭注，但永遠不會拿太珍貴的事物來賭。他並不傻。他用那雙恐怖的手抓住我，指尖熱燙到彷彿快炸開，問我有沒有對他的提議改變心意。我們可以一起環遊世界啊，他這麼說。就我們三個。他、我，和我的假屌。

我來自一個隨時可以變動的城市。城市的規模時大時小。街道可以一夜之間出現或消失，新的水道也會強行出現在乾燥的土地上。有些日子裡，你發現自己無法從城市的一端走到另一端，旅程就此被迫終止，但又有些日子裡，你可以像冒牌王子一樣散步環繞你的國土。

我已經開始覺得這座城市裡只有兩個人，這兩個人始終沒有見面卻能感知到彼此。每次出門我都盼望但又害怕見到對方。在陌生人群中我只看得見一張臉，而在鏡中我看見自己的臉。

世界啊。

世界絕對足夠寬廣，容許人們不帶恐懼地行走其中。

我們結婚了，沒辦儀式，之後直接啟程前往法國、西班牙，甚至去了君士坦丁堡。他確實遵守了這方面的承諾，讓我每個月都在不同地方喝著起床的咖啡。

在某座城市的人行道咖啡館，有個猶太年輕人只要天氣不錯就愛在這裡喝咖啡，一邊望著世界在身邊運轉。他見到了水手、旅人、頭髮裝飾著天鵝羽毛的女子，還有各種時髦的消遣活動。

某天他見到一名年輕女性翩翩經過，她的衣服在身後翻飛。

她很美，他知道美能讓我們善良，所以要求她坐下跟他一起喝咖啡。

「我正在逃跑，」她說。

「妳在逃離什麼？」

「我自己。」

但她同意坐一下，因為她很寂寞。

他的名字是薩爾瓦多。

他們一起聊了山脈和歌劇。他們聊起身上有金屬鱗甲的動物，這種動物可以不用換氣在河裡游上很長的距離。他們聊起所有人都擁有卻也都藏起的價值連城的美好事物。「給妳，」薩爾瓦多說，「看看這個，」他拿出一個外頭鑲滿珐瑯的盒子，裡頭鋪的柔軟襯墊上擺著他的心。

「來交換吧，把妳的心給我。」

但她沒辦法，因為她沒帶著心出門，她的心正在別處跳動。

她感謝這位年輕人，回到丈夫的身邊，他的手像螃蟹一樣在她身上游移。

那個年輕人常想到那名美麗的女子，在天氣不錯的那天，她的耳環像魚鰭一樣展開。

和他旅行兩年後，我偷了他的錶和身上的錢跑了。我為了避開耳目扮成男裝，就在他被紅酒和幾乎一整隻的鵝肉撐得打鼾時，我已經任由自己迷失在黑暗中。黑暗始終是我的朋友。

我跑去船上和豪華旅館打零工，就這麼學會了五種語言，於是又有三年沒再見到那座命運的城市。然後我一時興起搭船回家，因為想拿回我的心。我該考慮得周詳一點才對，不該去那座正在萎縮的城市賭我的運氣。他很快找到了我，就算當時他已經和別的女人展開新生活，他被我搶劫及拋棄的怒氣仍未消退。

他有個世故的朋友建議來場小賭，作為解決雙方歧見的一種方式。我們打算玩撲克牌，如果我贏了就可以全憑個人喜好自由來去，也能獲得足以這麼做的金錢。如果我輸了，我的丈夫可以任意處置我，只要不猥褻或謀殺我都行。

我能有什麼選擇呢？

當時我以為自己沒把牌打好，但後來偶然發現那副牌被動了手腳，原來結果打從一開始就決定了。正如我之前所說，我丈夫可不傻。

害我犯下錯誤的是紅心J。

輸掉賭局之後，我以為他會逼我回家，事情也就到此為止，但他讓我等了三天，然後派人找我去見他。

我到場時，他正和朋友在一起，身旁還有一名高階軍官，我後來得知那名法國人是繆拉將軍。

那名軍官上下打量穿著女裝的我，還要我簡單偽裝成男生。他看了非常讚嘆，然後背對我從行李中取出一個大袋子，放在他和我丈夫的中間。

「這是我們同意的數字，」他說。

我丈夫顫抖著手指點數了那袋錢。

他把我賣掉了。

我即將加入軍隊，我要去服務那些將軍。

繆拉將軍向我保證那是非常光榮的事。

他們沒有給我足夠的時間拿回我的心，只讓我收了行李，但我對此心懷感激。那不是一個容得下人心的所在。

她沉默著。派翠克和我一個字也沒說，身體一動也不動，只把烤到灼熱的腳遮蓋起來。我們說不出話。後來是她再次打破了沉默。

「把那罐邪惡的烈酒拿過來，說故事的人該有獎賞。」

她看來一派輕鬆，剛剛說故事時籠罩臉龐的陰影已然消失，但我感覺內心的陰影才正要開始蔓延。

她永遠不會愛我。

我太晚找到她了。

關於那座永遠不可能保持同樣面貌的水之城市，我還想問更多問題，只為了看見她的雙眼因為對某些人事物的愛而亮起來，就算不是因為愛我也行，但她已經把毛皮攤開準備要睡了。我小心翼翼地用手掌扶上她的臉龐，她微笑，讀懂了我的思緒。

「等我們撐過這場雪，我會帶你去那座偽裝之城，你會在那裡找到適合你的偽裝。」

變成另一個人啊。其實穿著這些士兵服裝的我已經在偽裝了。

我想回家。

那天晚上在我們睡覺時，雪又開始下。我們無法在隔天早晨時推開門，無論是派翠克、我，還是我們三人一起都無法推動。我們必須把原本就裂開的木板扯開，我因為很瘦，成為第一個臉朝下跌入雪牆中的人，那座因為飄雪堆成的牆比一個人還要高。

我靠著滑動雙手來脫困，那道可能致死的雪牆令人陶醉，引誘著我栽下去就懶得爬出來。雪乍看不冷，似乎沒有溫度，每當雪花落下時你伸手去接，感覺就像什麼都不存在，而且不可能傷害任何人。僅僅是數量的累積似乎不可能造成多大差別。

但或許真的會造成差別。就算是波拿巴也開始懂得數字的重要。在這個廣袤的國家，無論是距離、人數和雪花都超越我們手中資源可應付的程度。

為了保持手套的乾燥，我把手套脫掉，然後望著雙手由紅轉白，再變成美麗的海藍色，浮起的靜脈幾乎是青紫色，也幾乎是銀蓮花的顏色。我可以感覺到我的肺臟開始結凍。

老家農場的午夜結霜會照亮地面，也讓星星顯得冷硬。寒氣像鞭子一樣抽打你，但從不會冷到讓你覺得打從內裡結冰，呼吸的空氣也不會逮住你體內所有的液體及霧氣後再結成一窪窪的冰。但此刻當我呼吸時，我覺得自己彷彿要被製作成木乃伊。

我花了幾乎一整個早上的時間，才把雪清到可以打開門的程度。我們離開時帶著火藥和很少的食物，試著沿來時路往波蘭走，又或者如同拿破崙原本的規劃前往華沙公國[8]。我們的計畫是沿著邊界繞行後往南穿越奧地利，跨過多瑙河再前往威尼斯，若是港口無法通行就改去的里雅斯特[9]。這是一段長達約一千三百英里的旅程。

薇拉奈莉看指南針和地圖的能力很好，她說這是跟將軍上床的好處之一。

因為飄雪的關係，我們前進的速度比平常慢，若不是因為被迫繞了遠路，遇到一個我軍沒有橫掃的聚落，我們很可能出發不到兩週就會死去。當看見炊煙從遠處升起時，我們以為又是另一座因為戰爭而犧牲的無人廢墟，但派翠克發誓他看見了屋頂而不只是屋架殘骸，我們也只得相信這不是惡靈在誤導我們。畢竟如果那是一座正在燃燒的村莊，代表軍隊也就近在咫尺。

我們在薇拉奈莉的建議之下假裝成波蘭人。她的波蘭話說得跟俄語一樣好，她向這些疑心的村民解釋，我們是被法國人俘虜去工作的人，但殺掉了衛兵之後逃走了，而穿著法軍制服只是為了躲避追捕。這些俄國農民一聽說我們殺掉了一些法國人，臉上立刻閃耀出喜悅光芒，趕緊把我們請進屋內，並保證提供我們食物和住處。我們透過薇拉奈莉的翻譯從他們口中得知，這個國家得以避開蹂躪的部分實在不多，各地村莊遭到燒毀的情況鋪天蓋地。他們的家屋之所以逃過一劫，是由於位置夠偏遠，而且主要是因為有位俄國高官愛上了此地一位牧羊人的女兒。那是個奇怪的故事：一次偶然的誘惑同時煽惑了他的心及想像力。這名俄國人因此承諾略過這

---

8 華沙公國（Duchy of Warsaw）成立於一八〇七年，拿破崙打敗普魯士王國後要求其割讓一部分土地來成立的波蘭人王國，此公國一八〇九年時又遭到吞併。

9 第里雅斯特（Trieste）是位於義大利東北部靠近奧地利的一座濱海城市。

個村莊，重新規劃行軍路線，所以我們法軍在跟隨俄軍時也沒經過此地。

愛似乎可以讓人從戰爭及零度冬季中倖存下來。就跟雪覆盆子一樣啊，招待我們的主人解釋，愛就像雪覆盆子，他告訴我們，這種脆弱的美食總是在二月出現，無論天氣如何，無論好好生長的機率如何。沒有人知道為什麼會這樣，明明這個時節的松樹正打從根脈開始枯萎，皮粗肉厚的羊隻也必須關進室內時，這些應該在溫室中才能存活的嬌客卻還是會長出來，簡直不可思議。

那個牧羊人的女兒好像是某個名人。

薇拉奈莉假裝我們兩人是夫妻，所以被安排睡同一張床，而可憐的派翠克只能跟主人的兒子睡在一起，那傢伙是個友善的笨蛋。第二天早上，我們聽見派翠克住的閣樓傳來慘叫聲，發現那個體積如同公牛般的兒子正騎在他背上。這個男孩正在用他的木笛吹奏某種旋律，派翠克則在他底下發出呻吟。我們無法移動他，直到主人的妻子用衣服輕輕拍打他，才讓那個男孩又哭又吼地跑進雪地裡。過了一下子之後，他又躡手躡腳跑回來躺在母親的腳邊，雙眼大大地瞪著。

「他是個好孩子，」她告訴薇拉奈莉。

他出生時似乎有個亡靈前來拜訪，讓他選擇擁有智慧或是力量。這家主人的妻子聳聳肩說，畢竟住在這種地方必須照顧綿羊和山羊，還得砍樹，擁有智慧又有什麼用？他們感謝了亡靈，要求了力量，而現在他們的兒子才十四歲就已經可以一次揹起五個男人，或者把乳牛當成小羊一樣扛在肩上。他吃的食物得用水桶裝，因為沒有盤子的容量能滿足他的胃口。於是吃飯時我們三人坐的桌前擺著碗，農夫和他的妻子吃著硬麵包，而他們的兒子在桌子的尾端，用寬闊的肩膀擋住窗戶，手裡拿著湯匙不停從桶子裡舀食物吃。

「他會結婚嗎？」薇拉奈莉問。

「會的，當然，」主人回答時的表情非常驚訝。「任何女人都會想要這樣一個強壯的好男人當丈夫。我們很快會給他找個對象。」

晚上的我總是清醒地躺在薇拉奈莉身邊，聆聽她的呼吸聲。她睡覺時會背對著我蜷起身體，始終沒表現出想被碰觸的跡象。我會在確定她睡著後碰觸她，沿著她的脊椎一路撫摸，不知道是否所有女人摸起來都如此柔軟又如此結實。某天晚上她突然轉過身來，要我跟她做愛。

「我不知道怎麼做。」

「那我來跟你做愛。」

每次只要想起那夜，在這個我即將永遠住下去的地方，我就會雙手顫抖又肌肉疼痛。我書寫時分不清，也不知道自己在做什麼，只是試圖讓你們明白真正發生了什麼事。我嘗試不要有太多捏造的成分。這些細節我可以一不小心就想起，此時眼前的字變得一片模糊，握著筆的手懸在半空中不動，就這麼想上好幾小時，但每次想的都是同樣的片刻。我想著她彎向我時的髮絲，那些紅色髮絲泛著薄薄的金光，覆蓋住我的臉及胸口，我則透過髮絲望向她。她任由頭髮蓋住我，而我就像躺在長滿細長草葉的草地上，感覺無比安全。

我們在離開村莊時獲得畫滿了各種捷徑的地圖，而且這家人明明存糧不多卻還分了不少食物給我們帶走。我覺得有罪惡感，因為除了薇拉奈莉之外，他們應該把我們倆都殺掉才對。

無論我們走到哪裡，都會遇到痛恨法國人的男男女女。這些男男女女的未來已然注定。他們不是口才好的知識份子，這些安於土地的農民只需要一點物質就能滿足，而且熱烈地崇敬著當地的習俗及天主。儘管他們的生活沒有受到太大改變，但仍覺得受到輕蔑，因為他們的領導者始終受人輕蔑，他們覺得一切都失控了，而且憎恨軍隊以及波拿巴留下的那些傀儡國王。波拿巴總是宣稱自己知道什麼對人民最好，還說他知道如何提升人民、教育人民。他確實知道，他不管去到哪裡都在提升，但他老是忘記就連最樸實單純的人，也希望擁有能夠自己去犯錯的自由。

波拿巴不接受錯誤。

我們在波蘭假裝成義大利人，並因為義大利也是受佔領的民族而備受同情。薇拉奈莉表示自己來自威尼斯時，許多人震驚地用手遮住嘴，追求聖潔的婦女甚至立刻在胸前劃了十字。威尼斯，大家口中的撒旦之城，但實際情況真是如此嗎？就連最無法接受那地方的人也會偷偷跑來找她詢問，想知道那裡是不是真的有一萬一千位比眾國王還富有的妓女？

薇拉奈莉喜歡說故事，她為這些人編織出最狂亂的夢境，甚至還說那裡的船夫腳上有蹼，但派翠克和我幾乎要因為忍笑而嗆到時，波蘭人卻聽得瞪大雙眼，甚至還有一個人冒著遭到逐出教會的風險，暗示基督之所以有辦法在水面行走，可能也是因為擁有著同樣的意外出身。

隨著旅程的推進，我們聽說了有關大軍團的消息，比如已有好幾千人死去，我實在受夠聽說這麼多生命毫無意義地受到糟蹋。波拿巴說只要和妓女在巴黎待上一晚就能讓人重新變得活力充沛。或許吧，但也得先讓他們花上十七年好好長大。

就連法國人也開始厭倦了。就連毫無野心的女人也不想只是生下等著戰死的男孩，或者生出長大後可以生出更多男孩的女孩。我們都疲乏了。德塔列朗寫信給沙皇表示：法國人是文明人，但他們的領袖不是⋯⋯

我們並沒有特別文明，我們想要這一切已經很久了。我們想要光榮想要征服想要奴隸想要讚美。不過他的渴望燃燒得比我們還要久，因為需要付出的代價永遠不太可能是他的性命。直到最後一刻，他都把他價值連城的美好事物好好藏在隱密的牆板後方，但我們除了性命之外擁有太少，所以打從一開始就是拿出一切去豪賭。

他理解我們的感受。

他反省我們的損失。

他在我們逐一死去時擁有帳篷和食物。

他嘗試建立一個朝代。我們拿我們的性命去拚搏。

世間沒有所謂到此為止的勝利。為了保護贏來的戰果，我們的征服只會引發下一場征服，這是必然的結果。我們在旅途中找不到法國的朋友，只有遭到摧殘的敵人，跟你我擁有同樣的希望和恐懼，不是好人也不是壞人。我受到的指令是要追殺各種怪物及魔鬼，但我找到的只有普通人。

可是普通人也在追殺魔鬼。奧地利人特別深信法國人殘暴又卑鄙到極點。但由於相信我們是義大利人，他們對我們簡直過分大方，甚至拿我們跟法國人相比後認定我們各方面都更好。那麼如果我脫下偽裝呢？那會怎樣？我會在他們眼前變成魔鬼嗎？我擔心他們嗅出我的真實面貌，畢竟他們的鼻子是如此瞧不起波拿巴，也早已習慣憎恨跟波拿巴牽扯上關係的任何事物，所以一定會立刻偵測出我的身分吧。但我們獲得的待遇似乎始終沒變。明明我們只能在最顯而易見的情況下認出仇恨的樣貌，試圖理解仇恨的方式為何是如此愚蠢呢？

派翠克在我們接近多瑙河時開始表現得很古怪。我們已經出發超過兩個月，此時正在一座周遭有松樹林環繞的山谷中，就像身處巨大綠色牢籠底部的三隻小螞蟻。我們已經擺脫了雪和最糟糕的寒冷處境，情況算是不錯，大家精神奕奕，可能再過兩週就要抵達義大利。派翠克自從我們離開莫斯科後就一直在唱歌，雖然內容和曲調聽不清楚，但我們已經習慣了這種聲響，也會跟著歌聲大步前行。大概是最後一、兩天吧，他始終保持沉默，幾乎沒進食也不想說話。那天晚上我們在山谷中圍著營火坐下，他開始談起愛爾蘭以及自己有多麼想回家。他在想是否有可能說服主教再讓他帶領一個教區，畢竟他以前就喜歡當神父，「不只是為了女孩子，當然那樣是可以接觸女孩子啦，我知道。」

他說這樣很合理，不管你有沒有信仰，上教堂去想著一個不是你家人或敵人的人都很合理。

我說這樣很虛偽，他說多米諾果然沒說錯，我打從心底就像個清教徒，我不理解軟弱、混亂，和最根本的人性。

我感覺很受傷，但他也沒說錯，這確實是我的毛病。

薇拉奈莉跟我們說了威尼斯的教堂，她說裡頭到處畫滿了天使和魔鬼，還有偷竊的男人和偷情的女人和動物。派翠克雀躍起來，他覺得或許可以先去威尼斯碰碰運氣。

我在半夜被他驚醒。他在胡言亂語。我試圖壓制住他，但他很強壯，我和薇拉奈莉都不敢冒著被他拳打腳踢的風險。他在很冷的夜裡汗如雨下，嘴唇上還有血。我們把所有毯子堆到他身上，我走入仍然讓我無比害怕的夜色中，找來更多可以燒火的乾柴。我們為他建了一座火光四射的暖爐，但他的身體熱不起來。他不停流汗、發抖，大吼著說他要凍死了，還說魔鬼已經進入他的肺臟，正透過吐納詛咒他下地獄。

他大約在黎明時死去。

我們沒有鏟子，也沒有任何可以挖穿黑土的工具，所以一人一邊把他抬到松樹林邊緣，用蕨類、枝條和葉子覆蓋住他。我們把他埋得像是正在等待夏天到來的刺蝟。

然後我們感到害怕。他死於什麼病？我們可能被傳染了嗎？儘管天氣很冷，這時也該上路了，我們還是跑去河邊洗遍全身和衣服，然後在陽光微弱的午後坐在火堆邊發抖。薇拉奈莉陰鬱地談起鼻粘膜炎，現在的我每年十一月都會受到此病襲擊，但當時的我對這種威尼斯的特殊疾病一無所知。

我們把派翠克丟下時，也把我們的樂觀一起丟在腦後了。

一開始我們深信可以圓滿完成這趟旅程，現在卻覺得不太可能了。如果一個人可以升天，沒道理三人不能一起上天堂嘛？我們試著拿這件事來開玩笑，同時回憶起他被那個公牛般的男孩坐在身上時的表情，另外也回憶起他用好眼力看見的各種瘋狂場面。他曾宣稱看見榮福瑪麗亞本人正騎著鍍金的驢子巡視過天空。他總是會看到些什麼，而重點不是他如何看到又看到什麼，重點是他看見了，而且把看見的故事告訴我們。我們能擁有的只有故事。

他曾談起那隻驚人眼睛的故事，也就是他首次發現視力異於常人的經過。當時是科克郡[10]的一個炎熱早晨，教堂敞開了大門散熱，空氣中充滿人們因為連續六天下田而累積的汗臭味，那種味道就算是好好洗一次澡也無法擺脫。派翠克正在進行一場傑出的佈道，內容是地獄還有肉體所遭遇的危難，同時他的眼神也在信眾間掃視，至少他的右眼是在這麼做。然後他發現自己的左眼聚焦在三片田地外的兩位教區信眾身上，他們正在神的天國底下偷情，而他們的配偶正跪在教堂裡。

派翠克在佈道結束後深感迷惑。他是真的看見他們了？還是跟聖葉理諾[11]一樣看見了肉慾的異象？他那天下午特地走去拜訪他們，假裝不小心說錯話，並根據他們心虛的表情判斷他們真的如同他認定的在偷情。

那個教區有個女人非常虔誠，胸部很大，而派翠克之所以會發現，是因為他光是站在自己的小小的神職人員住宅，不用低俗地仰賴望遠鏡就能直接看進她的臥室。他確實偶爾就會看一下，只是為了確認她是否有犯罪。畢竟根據他的猜想，上主之所以賜予他這樣一隻眼睛一定是有正當目的。

祂不也賜予了參孫力量嗎？

10 科克郡（County Cork）位於愛爾蘭島的最南部。

11 聖葉理諾（St Jerome）是西元四、五世紀期間的重要聖經學者，曾在禁慾生活中努力對抗慾望，甚至因此將精力投入至學習希伯來文。

「而參孫也是渴望女人的啊。」

他現在可以看見我們嗎？他可以從榮福童貞聖母的身邊往下看見我們一邊離開他身邊，一邊又想著他嗎？或許他的兩隻眼睛現在都能看得很遠了。儘管我不相信天國的存在，卻希望他能在那裡。

我希望他能看著我們回家。

我的很多朋友都死了。當初我們有五個人離開家鄉，還笑著說紅色穀倉和我們養大的乳牛不夠看了，但現在五人當中只剩一個。多年來我也認識過其他人，但逐漸習慣得知他們在戰場上或其他地方受了致命傷或被列為失蹤人口。一個作戰的男人要小心謹慎，儘可能避免太多人際關係。我見過加農砲直接將一名石匠炸成兩半，我很喜歡他，也嘗試把他的兩半身體從戰場上拖下來，但等我回去找他的腿時，那雙腿跟其他炸爛的腿已經難以分辨。還有一名木匠只因為用毛瑟槍托底刻出一隻兔子而遭到槍斃。

在還沒有上場作戰時，死在戰場上看起來很光榮。可是一旦在場上流血、受傷殘廢，而且被迫要穿越嗆人硝煙殺入敵方陣線，迎向等在前方的刺刀時，就會發現戰場上的死亡沒有其他意義。死亡啊。有趣的是我們總會回去繼續作戰。大軍團的新兵總是多到訓練不完，逃兵很少，至少到最近之前都是如此。波拿巴說我們流著戰爭的血。

真有可能是如此嗎？

如果真是如此，那戰爭要是永無止盡的了。不但現在不會結束，以後也永遠不會結束。每次我們都在高喊「和平」後跑回家尋找心上人，但我們耕作的土地不會和平，只是暫時享受著下一場戰爭前的寧靜。戰爭永遠在未來等著。被劃上刪除線的未來。

我們不可能流著戰爭的血。

為什麼喜愛葡萄和陽光的民族會為了一個人死在零度冬季？

為什麼我會這麼做？因為我愛他。他是我的激情所在，當我們去打仗時，我們感覺自己不再是冷淡的人。

薇拉奈莉又是怎麼想的呢？

男人很暴力。這是唯一的解釋。

跟她在一起的感覺就像是把眼睛緊貼住特別燦爛的萬花筒。她這個人總是色彩分明，儘管比我更了解人心的曖昧之處，她的思想卻沒有模糊地帶。

「我來自迷宮之城，」她說，「但如果你問我路，我會要你直直往前走。」

我們現在已經到了義大利王國，她計畫要搭船前往威尼斯，我們可以先跟她的家人待在一起，等到安全之後我再回去法國。因為提供我住處，她要求我也幫她一個忙：重新取回她的心。

「我的心還在愛人那裡。我留在那裡了。需要你幫忙拿回來。」

我答應幫忙，但我也有需要知道的事：為何她從來不脫靴子？就連我們住在俄國的農家時也不脫？就連上床睡覺也不脫？

她笑著把頭髮往後撥，雙眼明亮，眉間卻出現深深的皺紋。我認為她是我見過最美的女人。

「我跟你說過了。我父親是船夫。船夫不脫靴子的，」她只願意這麼說，但一抵達那座魔幻的城市，我就決心要去打探更多有關船夫和船夫靴子的消息。

我們很幸運，這趟航行的過程都很晴朗，平靜閃亮的海面更讓戰爭和冬天都像多年前的事，甚至像別人的過去。於是在一八一三年五月，我第一次看見了威尼斯。

每個人都得從海上搭船抵達威尼斯，靠近時的感覺就像看見虛構的城市在眼前升起後懸空顫抖。那是曙光造成的微光閃爍，建築物因此永遠無法處於靜止狀態。這座城市不是用我所能想像的線條所組成，反而像是城市自行肆無忌憚推擠出來的狀態——這裡推出一點、那裡又推出一點——彷彿酵母讓麵糰膨脹後長成自己的形狀。你毫無準備，也沒看見讓小型船隻停泊的碼頭，船就已經在潟湖下錨，然後你突然不費吹灰之力就出現在聖馬可廣場。我望著薇拉奈莉的臉，那是一張歸鄉的臉，除了返鄉之外什麼都看不見。她的眼神閃爍，從建築的圓頂看到路上的貓，接納著眼前看見的一切，沉默地傳遞著她已然返鄉的訊息。我看了忌妒。我還在流亡。

我們上岸之後，她牽起我的手穿越不可思議的迷宮，經過一道我大概翻譯為「拳頭之橋」的橋梁，甚至穿越了被我翻譯為「廁所運河」但實在不太可能是那種名字的水路，直到抵達一條靜謐的水道。

「這是我家後門，」她說，「前門在運河上。」

前門打開就是水？

她母親和繼父欣喜若狂地迎接我們，我總是想像要是自己幸運地「浪子回頭」，能夠獲得的就是這種待遇。他們把椅子拉來坐得離我們很近，所有人的膝蓋因此都碰在一起，她母親還不停興奮地跑來跑去，拿來一盤盤蛋糕和一罐罐酒。她父親每聽我們講一個故事都會哈哈笑著拍打我的背，而她母親則會將雙手舉向聖母說，「你們能抵達這裡實在太幸運了。」

我的法國人身分絲毫不讓他們困擾。「不是每個法國人都是拿破崙．波拿巴，」她父親說。「我認識一些很好的法國人，不過薇拉奈莉的丈夫不是很好就是了。」

我非常驚訝地望向她。她從沒說過她的胖丈夫是法國人。我本來以為她之所以能把我的語言講得這麼好，是因為這輩子大多時間都跟眾多士兵生活在一起的緣故。

她聳聳肩，通常她懶得解釋時就會這副模樣，然後她問起丈夫近況。

「他就是來來去去，總是這樣，但你們可以躲起來。」

我們是兩個原因各自不同的逃犯，薇拉奈莉的父母一想到要把我們藏起來就興奮極了。

「我之前跟船夫結婚時，」她母親說，「每天都有不同的麻煩要應付，但那些船夫很排外，現在我結婚的對象又是烘焙師，」她捏了捏他的臉，「他們還是有他們辦事的方式，但我也有我的做法。」她瞇起雙眼，傾身靠得好近，我都可以聞到她剛剛吃的早餐氣味。「我有很多故事可以跟你說，亨利，你聽了頭髮都會豎起來，」然後她猛力拍打我的膝蓋，坐在椅子上的我被打得往後倒。

「別逗那個孩子了，」她丈夫說，「他才剛從莫斯科走來這裡。」

「聖母啊，」她高喊，「我怎麼能這麼壞？」然後她又逼我吃了一個蛋糕。

就在我因為大量蛋糕和酒而頭昏腦脹，幾乎要累到癱倒之際，她又帶我在屋內走了一圈，還特別讓我看了一個小鐵柵窗，那裡用特定角度裝上了一面鏡子，可以藉此看見來到水門前的訪客是誰。

「我們不會一直在家，你一定要確定對方的身分才能開門。為了謹慎起見，我覺得你該刮掉鬍子。我們威尼斯人不是毛髮茂盛的民族，你這樣會很顯眼。」

我感謝她，然後睡了整整兩天。

我在第三天醒來時，屋內一片安靜，房間因為緊閉的百葉窗板一片漆黑。我把窗板用力往外推，黃亮的光線碰觸到我的臉龐，在地板上碎開延展成一道道光的長矛。我可以看見陽光中的灰塵。房間低矮不平，牆面上掛過圖畫的地方有褪色痕跡。房內有一個清洗台，還有一整罐冰水，但由於之前經歷了長時間的寒冷，此刻又身處在暖意中，我實在無法忍受將手指浸入冰水以洗掉雙眼的睡意。房內也有鏡子，一面裝在旋轉木架上的落地鏡。鏡子的鍍銀層有些部分剝落了，但我還是可以看見骨瘦如柴的自己：頭大得不成比例，鬍子茂密得像個惡棍。他們說的沒錯，我得在出門前把鬍子剃掉。從我可以俯瞰運河的窗戶往外瞧，我看見一整個靠著船隻運作的世界。運蔬菜的船、載客的船，另外還有載送有錢小姐的船隻，那種船上有頂篷，船體薄如刀刃，船首尖尖翹起。這種船最奇怪了，因為船主通常站著划船。在我視線所及的範圍內，運河內以固定間隔立起一根根氣氛歡快的條紋桿子，有些船的船尾靠著其中一些桿子，另外一些桿子的金色頂部則已被陽光曬到剝落。

我把用過的髒水和刮下來的鬍子丟入運河，祈禱我的過去就這麼永遠沉入水中。

我打從一開始就迷路了。波拿巴之前走過的地方都是直通通的大路，樓房的建造邏輯有跡可循，街上的標誌就算為了慶祝某場戰役而有所更動，基本上也都很清楚。然而此地就算真的費心做了路標，卻也很樂意隨興地重複使用。就連波拿巴都無法把這座城市變得有邏輯。

這是一座瘋子的城市。

我能在任何地方發現教堂，有時又感覺在同樣的廣場上發現了不同的教堂。或許這裡的教堂就跟蘑菇一樣會一夜長出來，然後又在清晨時瞬間委頓消失。說不定威尼斯人能在一夜之間蓋出教堂？畢竟在他們力量最強盛的時期，是可以每天造出一艘大帆船，而且是配備一應俱全的船。所以沒道理蓋不出教堂吧？一應俱全的教堂？整座城市中唯一合乎邏輯的地方只有公共花園，但即便是在那裡，只要到了霧氣朦朧的夜晚就會有四座陰森的教堂浮現，淹沒一排排整齊列隊的松樹。

我有五天沒回烘焙師的家，因為找不到路又不好意思跟當地人說法語。我邊走邊找烘焙屋，像追蹤獵物的狗不停嗅聞，希望可以在空氣中找到一點線索，但只找到一堆教堂。

最後我走過一個轉角，我發誓之前走過這個轉角一百次了，但突然就看到薇拉奈莉在一艘船裡編辮子。

「我們以為你回法國了，」她說。「媽媽都心碎了。她想要你做她的兒子。」

「我需要一張地圖。」

「不會有幫助的。這是一座活的城市。一切都在變動。」

「薇拉奈莉，城市不會變動。」

「亨利，城市會喔。」

她命令我上船，答應我在路上有食物可吃。

「我帶你繞一圈吧，這樣就不會再迷路了。」

船聞起來有尿臊跟包心菜的味道，我問她這是誰的船。她說船主是她的其中一位仰慕者，對方是個養熊人。我已經學會不再問她太多問題，反正無論她的回答是真是假，總之都不太可能令我滿意。

我們划船離開陽光，沿著冰涼的通道前進，我因此有些暴躁不安，然後我們經過潮濕的工作平底船，船上載運著各種不知名的貨物。

「這座城市會自己收納折疊。運河中還藏匿著其他運河，巷弄會彼此交叉再交叉，害得你不知道哪條是哪條，除非你一輩子都住在這裡才能搞懂。就算你已經徹底摸透了所有廣場的位置，可以自信滿滿地穿越里阿爾托橋後抵達貧民區，然後再進入潟湖，仍然有些地方你永遠找不到，若是真找到了，又很可能再也見不到聖馬可廣場。所以不管你要做什麼最好都多預留點時間，為可能走錯路做好準備，畢竟道路把你帶去意料之外的地方，可能就是要你去做些什麼計畫之外的事。」

我們似乎是用一種不停反覆的八字形路徑在行船。當我暗示薇拉奈莉可能是故意表現得神祕兮兮，還刻意帶我去走一條之後永遠認不出來的水路時，她微笑著表示自己是遵循一種古老規則帶我前進，那是只有船夫可能會記得的路徑。

「城市的內在之城無比遼闊，無法靠著地圖認路。」

我們經過了被洗劫一空的幾座宮殿，窗簾在百葉窗板被扯掉的窗口搖擺，我時不時還會在破敗的陽台上看見細瘦人影。

「這些都是流亡者，被法國人趕出來的人。這些人是死了，卻沒有消失。」

我們經過一群孩子身邊，他們的臉看起來蒼老又邪惡。

「我帶你去見我的朋友。」

我們轉入的運河裡到處都是垃圾，還有浮在水面的老鼠坦露著粉色肚皮。有時運河窄到我們幾乎難以通過，但她還是從牆面之間擠過，船槳刮過不知道累積了多少世代的泥濘髒汙。不可能有人能在這裡存活。

「現在可能是幾點？」

薇拉奈莉笑了。「是探訪時間。我帶了朋友來。」

她把船靠近一個臭不可聞的隱蔽角落，許多看來不穩當的木板浮箱綁在一起，有個女人就蹲在這片浮箱邊緣，她看起來極度消瘦又骯髒，我幾乎不覺得那算人類。她的頭髮在發光，某些能發出磷光的奇特黴菌黏在上面，讓她看起來像住在地下的魔鬼。她身上披掛著一層層厚重的布料，你無法在其中分辨出任何顏色或樣式。她的其中一隻手只有三根手指。

「我離開了一陣子，」薇拉奈莉說。「離開了好一陣子，但不會再離開了。這是亨利。」

這個年邁生物的眼中還是只看得見薇拉奈莉。她開口說話。「妳就跟之前告訴我的一樣離開了，妳不在時我一直在觀察，有時看見妳的鬼魂漂浮到這裡。妳曾陷入險境，之後還會遇到更多危險，但妳不會再離開了。這輩子不會。」

我們擠成一團坐著的地方沒有光線。水道兩旁的建築物像拱廊一樣遮蓋住頭頂上的空間。那些建築靠得很近，甚至好像在幾個地方彼此相觸。我們是在汙水道裡面嗎？「我為妳帶了魚來。」薇拉奈莉拿出一個包裹，那個女人聞過之後放進裙子底下。然後她轉向我。

「小心披上全新偽裝的老敵人。」

「她是誰？」一等我們安全離開後，我就問她。

薇拉奈莉聳聳肩，我知道無法得到真正的答案。「她是個流亡者。她習慣住在那裡了，」然後她指向一棟前方有雙道層水門且受人遺忘的建築，那棟建築被留在那裡緩慢沉沒，水已經逐漸淹入底層房間。上方的樓層之前是用來當儲藏室，有台推車掛在其中一扇窗外。

「她還住在那裡時，大家說燈火從不會在黎明前熄滅，地窖裡有非常珍稀的酒，任何男人只要喝超過一杯就會死。她在海上有好幾艘船，這些船會將大量貨物帶回家鄉，讓她成為威尼斯最有錢的女人之一。別人提起她時總會語帶尊敬，談到她丈夫時則說那是『財富女士的丈夫』。波拿巴對他們產生興趣後，她的財富就沒了，大家都說約瑟芬拿走了她的珠寶。」

「約瑟芬拿走了大部分人的珠寶。」

我們從隱藏的內城回到陽光下的廣場和寬廣的運河，那些運河寬到就算同時有八、九艘船在行駛，仍有空間讓遊客搭乘輕簡小船穿梭其中。「現在是一年中遊客最多的時候。如果你待到八月還可以慶祝波拿巴的生日。但他到時候可能已經死了。如果真是如此你就更要待到八月，這樣就能慶祝他的葬禮。」

她將我們的船停在一棟宏偉的住所前方，那棟建築有六層樓高，在這條乾淨又時髦的運河上占據了一個特別好的位置。

「你會在這棟屋子裡找到我的心。你得偷偷溜進去，亨利，為我把心拿回來。」

她是瘋了嗎？我們之前只是用比喻的方式在討論我們的心。她的心臟就跟我的一樣在身體裡面啊。我嘗試跟她解釋，但她拿我的手放上她的胸口。

「你自己感覺。」

我上下移動著手感覺時沒有帶著絲毫邪念。我什麼都感覺不到。我把耳朵靠上她的身體，安靜地蹲伏在船底不動，旁邊經過的貢多拉[12]船夫露出一臉理解的微笑。

我什麼都聽不見。

「薇拉奈莉，妳要是沒有心臟就是死了。」

「之前和你一起生活的那些士兵，你認為他們有心嗎？你認為我的胖丈夫在那堆肥油底下有心嗎？」這次換我聳聳肩。「這只是一種說法，妳自己也知道。」

「我知道，但我跟你說過了。這是一座不尋常的城市，我們這裡的做法不一樣。」

「你要我進去那棟屋子裡找妳的心？」

「對。」

太莫名其妙了。

「亨利，你離開莫斯科時，多米諾給了你一根冰柱，裡面有一條細金鍊。金鍊子呢？」

我說不知道是去哪了，我猜冰柱在我的背包裡融化，我又把金鍊子搞丟了吧。我覺得弄丟金鍊子很不好意思，但派翠克死掉時，我有一陣子忘了好好照顧自己深愛的事物。

「在我這裡。」

「金鍊子在妳那裡？」我簡直不敢置信，卻也鬆了一口氣。她一定是在哪裡找到了。我畢竟沒有失去關於多米諾的一切。

「冰柱在我這裡。」她往包包裡掏了一陣子，拿出那根冰柱，模樣就

---

12 貢多拉船（gondola）是威尼斯著名的傳統船隻，船體通常漆為黑色，船夫站在船尾划船。貢多拉船夫確實都只有男性，直到雅利克斯·海伊（Alex Hai）打贏官司後才在二〇一〇年成為正式領有證照的首位女性貢多拉船夫。二〇一七年出現了第一位跨性別船夫。

跟多米諾那天從帳篷帆布頂端拔下來送我的一樣冰冷堅硬。我在手中翻看那根冰柱。船隻在水面上下浮動，海鷗一如往常地在旁飛翔。我望向她，眼裡充滿疑問，但她只是聳起肩，轉頭面向那棟房子。「今晚，亨利，今晚他們會去鳳凰劇院。我會送你過來後在外面等，我怕進去之後又會走不了。」

她把冰柱從我手中取走。「等你把我的心帶回來，我就會把這個奇蹟還給你。」

「我愛妳，」我說。

「你是我的兄弟，」她說，然後我們划船離開。

我們一起吃了晚餐，她、我，和她的父母。他們開始仔細逼問我的家庭背景。

「我來自一個山丘環繞的村莊，那裡是一整片亮綠色的田野，上頭點綴著蒲公英。旁邊有條河流過，河水每年冬天都會溢過河堤，夏天卻又乾旱成一片泥濘。我們仰賴那條河。我們仰賴太陽。我成長的地方沒有街道或廣場，只有小小的屋子，這些屋子通常只有一層樓，穿梭屋子間的路徑都是由人走出來的，沒有經過任何設計或規畫。我們沒有教堂，都是直接利用穀倉做禮拜，到了冬天還得跟乾草擠在一起。我們沒有注意到大革命的發生，我們發現時跟你們一樣吃驚。我們的心思都在雙手捧著的木柴上、我們種植的穀物上，另外偶爾放在天主身上。我母親是個虔誠的婦女，我父親說她死去時雙手伸向聖母，臉龐打從深處發出光芒。她是死於意外。一匹馬壓住了她，把骨盆都壓碎了，我們那裡只能處理腸絞痛和瘋病，沒有治療這種情況的藥。那是兩年前的事了。我父親仍在耕地，也會捕捉破壞田地的鼴鼠。如果可以的話我想回家幫忙收成。我屬於那裡。」

「那你的聰明才智呢？亨利？」薇拉奈莉語帶諷刺地問。「像你這樣的男人，接受過神父的教導，旅行過很多地方又打過仗，卻跑回去養牛，你自己怎麼想？」

我聳聳肩。「聰明才智有什麼用？」

「你可以在這裡發大財，」她父親說，「年輕人在這裡有很多機會。」

「你可以跟我們住在一起，」她母親說。

但她沒說話。我無法待下來當她的兄弟，因為我的心難以控制地愛著她。

「你知道嗎，」她母親說話時抓住我的手臂，「這座城市跟其他城市不同。巴黎？我瞧不起那地方。」她吐了口口水。「巴黎算什麼？就只有幾條大道和一些名貴店面罷了。這裡擁有死人才知道的各種奧祕。我告訴你，這裡的船夫腳上有蹼。不，別笑，是真的。我曾經跟一名船夫結婚，所以很清楚，而且我還養大了跟前夫生的好幾個兒子。」她把手往腳的方向伸去，嘗試碰到腳趾。「你可以在每根腳趾中間看到那些蹼。他們可以靠著這些蹼在水面行走。」

她丈夫並沒有像平常聽見好笑事情時一樣狂笑或敲打水罐。他和我眼神交會，露出要笑不笑的表情。

「男人應該敞開心胸接受任何可能性。問問薇拉奈莉吧。」

但她緊閉雙唇，很快走了出去。

「她需要一個新丈夫，」她母親說，語氣幾乎是在懇求，「一旦那個男人不再是阻礙後……反正威尼斯常常發生意外，到處都很陰暗，水也很深。就算又死了一個人也不會有誰會驚訝吧？」

她丈夫輕扶住她的手臂。「別誘引那些亡靈。」

等我們用餐結束之後，她父親開始打盹，她母親則開始在一塊布上刺繡，薇拉奈莉帶我往下走到船上，我們又開始沿著漆黑水道滑行。她把原本充滿包心菜和尿騷味的船換成一艘貢多拉船，然後跟那些船夫一樣用古怪的方式站著划船。她說這艘船是更好的偽裝，貢多拉船夫通常會在豪華的房子附近招攬生意。我正想問她是從哪裡借來這艘船，但看見了船頭的標記後，想說的話就在口中死去。

那是一艘辦喪禮的船。

夜晚寒涼，但不陰暗，明亮的月光讓我們在水面投射出模樣恐怖的影子。我們很快抵達那棟屋子的水門前，屋內就跟她之前保證的一樣沒人。

「我要怎麼進去？」她把船靠在一枚鐵環邊綁好時，我這麼問。

「用這個。」她給了我一把鑰匙。那把鑰匙又滑又扁，像獄卒的鑰匙。

「我只是為了好運才留在身邊。我從來沒靠這把鑰匙去獲得其他好處。」

「我要怎麼找到妳的心？這棟屋子有六層樓。」

「聆聽心跳聲，去最不可能的地方找。如果有危險，你會聽見我發出像是海鷗飛在水面上的聲音，那就要趕快回來。」

我丟下她後走進寬廣的門廊，眼前出現一頭完全成年的多鱗野獸，這頭野獸的頭頂還有一支尖角。我輕輕地慘叫出聲，但那只是填充標本。在我正前方有一道木製樓梯，中段轉彎後隱沒在屋子的半空中。我決定從頂樓開始一路往下找。其實我不覺得自己會找到什麼，但必須有辦法跟薇拉奈莉描述出每個房間的樣子，她才不會再逼我來找。這點我很確定。

我打開的第一扇門後除了一台大鍵琴外什麼都沒有。

第二扇門後有十五扇彩繪玻璃窗。

第三扇門後沒有窗戶，地板上並列了兩具棺材，蓋子敞開，裡頭鋪著白色絲緞。

第四個房間內有從地板延伸到天花板的層架，其中放滿了前後兩層書。另外還有一架梯子。

第五個房間內點燃著一盞燈火，其中一整面牆上掛著世界地圖。地圖上的海裡有鯨魚，還有恐怖的怪獸正在啃咬陸地。上面標記出彷彿消失在地心的道路，又有些路延伸到海邊就突兀地中斷了。地圖的每個角落都有一隻巨大的黑色鸕鶿，牠們的長嘴喙上都叼著正在掙扎的魚。

第六個房間是縫紉間，固定木框中有條進行了四分之三的花毯。花毯的圖樣是一名年輕女性交叉雙腿坐在一疊撲克牌前方。那是薇拉奈莉。

第七個房間是書房，桌上堆滿日記，日記上寫滿如同小蜘蛛的筆跡。全是我讀不懂的內容。

第八個房間只有一張撞球桌，旁邊還有一扇通往別處的小門。我受到那扇小門吸引，打開了門，發現那是一個可以走進去的巨大衣櫃，其中掛滿各種連身裙，聞起來有麝香和焚香的氣味。這是個屬於女人的房間。我在裡頭一點也不恐懼。我想把臉埋在這些衣服裡，我想在有這些氣味環繞的地方躺下。我想起薇拉奈莉的模樣，想起她的頭髮掃過我的臉，不禁想到這個香氣甜美的誘人女子是否也帶給她同樣感受。這個空間的邊緣擺了很多黑檀木盒，上頭有花押字。我打開其中一個，發現裡頭裝滿小玻璃瓶，瓶子裡是可以帶來愉悅和危險的香氛精。每個瓶子裡最多裝了五滴，我想應該是非常珍貴且效果極強的精油。我幾乎想也沒想就把其中一瓶放進口袋後離開。但就在我這麼做的當下，一個聲響讓我停止動作。那不是老鼠或甲蟲製造出的動靜，而是規律而穩定的聲響，就像心跳。我的心漏跳了一拍，開始在一條條衣袍、散亂的鞋子和內衣之間匆忙翻找。我站定腳步，再次仔細聆聽。聲音聽起來在低處，就藏在看不見的地方。

我跪在地上，雙手著地後爬進其中一座架子底下，發現一個外頭裹著絲質直筒連身裙的靛藍色罐子。那個罐子一陣一陣地顫動著。我不敢掀開罐子。我不敢親眼確認其中價值連城的美好事物為何，我只是把罐子拿起來，外頭的連身裙都還裹著。我就這樣走下最後兩層樓，再次進入空蕩的夜色。

駝著背的薇拉奈莉在船內盯著水面瞧，一聽見我的動靜就伸手扶我上船。她沒問任何問題，只是快速把船划走，將我們遠遠帶入了潟湖。終於把船停下之後，她的汗水在月光下發出蒼白光芒。我把那個包裹住的罐子遞給她。

她呼出一口氣，雙手顫抖，請求我背過身去。

我聽見她打開罐子，有瓦斯漏氣的聲音傳了過來。然後她開始發出可怕的吞嚥及噎住的聲音，此時唯一讓我坐在船的另一頭不動的原因就是恐懼。說不定我正在聽她逐漸死去。

一陣安靜。她摸摸我的背，等我轉身後再次拿我的手放上她的胸口。

她的心臟在跳動。

怎麼可能。

我告訴你，她的心真的在跳。

她向我拿回鑰匙，把鑰匙和那件直筒連身裙放進靛藍色罐子中丟進水裡，之後露出無比燦爛的微笑，她的表情顯示就算這麼做很愚蠢但也很值得。她問我看見了什麼，我跟她描述了每個房間，每描述一間她就會問起下一間，然後我跟她說了花毯的事。她的臉色瞬間刷白。

「但你說還沒完成？」

「完成了四分之三。」

「上面是我？你確定？」

為什麼她這麼不高興？原來是因為花毯要是完成了，那女人等於將她編織進自己的內心，而她將永遠成為愛的囚犯。

「妳說的這些我都聽不懂，薇拉奈莉。」

「別再想了，我已經拿回我的心，你也拿回了你的奇蹟。現在我們可以享受一下了，」然後她解開頭髮，在她的紅髮森林中划船帶我回家。

我在酣熟的睡眠中夢見了那個老女人的話，「小心披上全新偽裝的老敵人，」但到了隔天早上，薇拉奈莉的母親用雞蛋和咖啡讓我清醒過來時，前個夜晚已不復存在，當時遭遇的噩夢似乎也只是那場幻夢的一部分。

這是一座瘋人之城。

她的母親坐在我的床邊閒聊，催促著我一等薇拉奈莉重獲自由後就向她求婚。

「我昨晚做了個夢，」她說。「死亡的夢。趕快跟她求婚吧，亨利。」

我確實在那天下午出門時問了，但她搖搖頭。

「我無法給你我的心。」

「我沒有一定要妳的心。」

「或許不用吧，但我需要給出去。你是我的兄弟。」

我跟她母親說了事情的經過，她停止手上的烘焙工作。「你對她來說太穩定了，她就是喜歡瘋子。我希望她冷靜下來，但她不可能聽話。她希望每天都是五旬節。」

然後她喃喃自語地說了一些話，內容跟某座恐怖的小島有關，話語間責怪著自己，但我永遠不會在威尼斯人喃喃自語時質疑他們；那是他們跟他們自己之間的事。

我開始考慮出發前往法國。雖然一想到無法每天見到她，我的心感覺比在零度冬季還要冷冽，我卻還還記得她說的話，就是派翠克、她和我一起躺在俄國人小屋喝著邪惡烈酒時說的話……

這是個早上醒來時必須靠運氣才能見到的人，愛著這種人毫無道理。

他們說這座城市可以吸納任何人。你似乎確實能在各處見到不同國籍的人。這裡有追夢人、有詩人、有鼻頭沾滿油彩的風景畫家，還有像我一樣偶然來到此地卻從未離開的漫遊者。他們都在尋找些什麼，他們環遊了整個世界和七大洋，但始終在尋找一個駐足的理由。我沒有在尋找，我已經找到了我想要的，只是無法擁有。若我留下來，不會是基於希望，而是恐懼。那是不想落單的恐懼。這個女人僅僅靠著自身的存在，似乎就能讓我的餘生活在陰影中，我光是想到要離開她就無比恐懼。

我說我愛上她了。這話是什麼意思？

意思是我憑著這份感受去檢視了未來和過去。那感覺就像開始用一種突然可以理解的外語書寫。她不透過語言向我解釋了我自己，但也像天才一樣不清楚自己做到了什麼。

我是個糟糕的士兵，因為我太在意接下來會發生的事。我永遠無法沉迷於砲火，無法沉迷於作戰和憎恨的那些時光。我的心總會先想到那些凋亡的田地，那些花了好多年才建立起來卻在一、兩天內遭到摧毀的田地。

我留下來是因為無處可去。

我不想再那麼做了。

是不是所有愛侶都在摯愛之前表現得既無助又英勇呢？無助是因為想跟寵物狗一樣翻肚討愛的需求始終存在，英勇則是因為你知道如果有必要，你可以為了愛人用一把折疊刀去屠龍。

每當想像那段躺在她懷中所展開的未來，黑暗的日子從不會出現，甚至不會有人傷風感冒，儘管我知道這樣想毫無道理，我還是真心相信我們可以永遠幸福快樂，我們的孩子也能改變世界。

我聽起來就像那些夢想回家的士兵……

不。實際狀況是她會一次消失好幾天，我會因此哭泣。她會忘記我們有孩子，丟下我獨自照顧小孩，還會把我們的房子賭輸給賭場，要是我把她帶去法國生活，她會開始恨我。

這些我都知道，但我還是愛她。

她永遠不會忠誠於我。

她會當著我的面嘲笑我。

我永遠會害怕她的身體，因為她的身體擁有無比的力量。

而且儘管如此，每當我想要離開，我的胸口仍像是堆滿石頭。

迷戀。初戀。肉慾。

我大可為我的激情辯解。但這件事是確定的：她碰觸到的一切，她都揭露。

我常想起她的身體，不是想像自己去佔有，而是望著她的身體在睡夢中扭動。她從不可能靜止不動，無論是在船上或是懷抱著包心菜全力衝刺時都是如此。她沒有緊張，只是對她來說靜止不動很不自然。我告訴她我有多喜歡躺在亮綠色田野中望著亮藍色天空時，她說，「你死後就能這麼做了，叫他們別把你的棺材蓋起來就行。」

但她了解天空的美。我可以從我的窗戶看見她非常緩慢地划著船，同時抬頭望向潔淨無瑕的藍天中升起的第一顆星星。

她決定教我划船，但不只是讓我會划而已，還是威尼斯人的划法。我們在黎明時分划著一艘警察用的紅色貢多拉船出發。我根本懶得問她從哪搞來這艘船了。她最近總是很快樂，常常拿我的手放在她的心口，彷彿獲得重生機會的病患。

「如果你終究還是決心成為牧羊人，至少我可以讓你學一點真正的技能再回家。你可以在閒暇時自己打造一艘船，沿著之前提過的河航行一邊想我。」

「妳想要的話可以跟我一起走。」

「我不會想去的。要是眼前只有一袋鼴鼠，連張賭桌都看不見，我還能做什麼？」

我知道，但實在不想聽到她這麼說。

我不是天生的划船好手，不只一次害兩人因船體歪斜掉進運河，每次掉進水裡時，薇拉奈莉都會抓住我的脖子，尖叫著說她要淹死了。「妳明明住在水鄉啊！」她把我拖到水下，一邊還用最大的聲音嚷嚷時，我不禁如此表示抗議。

「對，但我是住在水上，不是水裡。」

太驚人了，她不會游泳。

「船夫不需要游泳。沒有船夫會搞成這樣。我們得把身體晾乾再回家，不然我會被笑死。」

就算是她的熱忱也無法讓我學會，到了晚上，她把槳搶回去，頭髮還溼答答的她說我們改去賭場。

「說不定那才是你最擅長的。」

我從沒去過賭場，結果就跟多年前初次去妓院一樣失望。這些罪惡的場所總是在想像中罪惡多了，反而現場的紅色奢華地毯不如你夢想中令人震驚的艷紅，長腿女人的腿也沒你以為的那麼長。而且你在想像中去這種地方可不用花錢。

「樓上有鞭打室，」她說，「如果有興趣可以去。」不了，我只會覺得無聊。我知道鞭打是怎麼回事。我從朋友和神父那裡聽說過。聖人喜歡被鞭打，我也見過充滿狂亂傷疤和渴望眼神的相關圖像。望著一個普通人被鞭打不可能產生同樣效果。聖人又軟又白的肉體總是避開陽光，而當鞭子找出那些肉體時，享樂的時刻於焉到來，因為原本藏匿的在那時遭到揭露。

這我就留給她獨自享受了，我要去看看在冷冽大理石桌、冰涼玻璃杯和傷痕累累的桌面呢布上有些什麼。我躲到一個窗邊的座位，讓心靈棲息於底下閃閃發亮的運河。

所以過去真的過去了。我逃脫了。這種事確實可能成功。

我想起我的村莊，還有冬季結束時升的火堆，我們用那個火堆燒掉再也不需要的事物，歡慶即將到來的生命。八年的軍旅生涯已然結束，當時就跟著不適合我的鬍子一起沉入了運河。八年跟隨波拿巴的歲月。我在窗戶上看見自己的倒影，這是我現在擁有的臉。然後我在自己的倒影後方看見薇拉奈莉背靠著牆，前方站著一個男人擋住了她的路。她表情平靜無波地看著我，但我可以從她聳起的肩膀看出她在害怕。

他的身形寬大，遼闊巨大的黑色身影看起來像鬥牛士的披風。

他雙腳開開站穩在地面上，一隻手臂靠在牆上擋住她的路，另一隻手緊緊插在口袋裡。她推了他一把，動作迅猛突然，但他的手也同樣迅速地從口袋抽出來搧了她一巴掌。我聽見清脆的聲響，跳了起來，此時她從他的手臂下方鑽出來，跑過我身邊之後下樓。我什麼都無法想，只希望在他之前跑到她身邊，但他已經開始追了。我打開窗戶跳進運河。

我浮上水面時從口中吐出水沫和泡泡，臉上全是水草，然後往我們的船游去，解開繫繩，在她像貓一樣跳進去時大吼著要她划船，同時姿態笨拙地往船邊游。她沒管我就直接把船划走，我就這樣被繫繩拖在船後，彷彿里阿爾托橋上男人所養的一頭溫馴海豚。

「就是他，」等我終於在她腳邊癱倒時，她這麼說。「我以為他還在外地，我的眼線明明很厲害。」

「那是妳丈夫？」

她吐了一口口水。「就是我那個肥到油滋滋又愛吸屌的丈夫，沒錯。」

我坐起身。「他還跟著我們。」

•

「我知道怎麼走。我是船夫的女兒。」

她划著船不停到處兜圈，速度很快，我開始覺得頭暈。她手臂上的肌肉緊繃起來，感覺幾乎要撐破皮膚，就在我們經過燈火照耀的某處時，我看見她皮膚上浮現的靜脈。她的呼吸聲沉重，身體很快就因為流汗變得跟我一樣溼答答的。我們正沿著一段逐漸變窄的水路前進，突然之間停在一堵什麼都沒有的白牆之前。就在我以為我們的船隻要像漂流木一樣碎開的最後那一秒，薇拉奈莉以不可思議的弧度調轉船頭，讓我們駛進一條不停滴水的隧道入口。

「很快就要到家了，亨利，保持冷靜。」

這是我第一次聽見她使用「冷靜」這個詞。

我們把船靠在她家前方的水門邊，但就在準備把船繫好時，一艘船的船頭沉默地從我們身後逼近，我一抬頭就看見了那位廚師的臉。

就是那位廚師。

我能根據他嘴邊的肌肉動態看出他正試圖微笑。他比我當初認識他時的塊頭大上很多，雙下巴就像死去的鼴鼠般垂掛著，一大片肥軟的肌膚將他的頭和肩膀連在一起。他的雙眼陷入肉裡，總是粗濃的眉毛像兩位哨兵一樣逼近我。他把兩隻手交疊在船邊，手指上有很多勉強套進去的戒指。那雙手很紅。

「亨利，」他說。「見到你真是我的榮幸。」

薇拉奈莉滿臉疑問地看著我，同時努力壓抑看見他時臉上全然厭惡的神情。他看出她臉上的壓抑情緒，輕輕撫摸了她一下，她嫌惡地躲開。他說，「妳可以說是亨利為我帶來了好運。都是因為他和他的小把戲，我被趕出了布洛涅，再被派去巴黎處理補給品。我處理的東西都沒我的份，這可是我從來沒有過的經歷呢。你開心嗎？亨利？這樣遇見一位好朋友，還知道他過得很發達？」

「我不想跟你扯上任何關係，」我說。

他再次微笑，我這次看見了他的牙齒，那幾顆僅剩的牙齒。「但沒辦法啊，你顯然想跟我妻子扯上關係。我的妻子，」他非常緩慢而清晰地說出那幾個字。然後他的臉上出現以前常見的表情，我很熟悉那種表情。

「我很驚訝會在這裡見到你，亨利。你不是該在部隊裡嗎？現在可沒放假吧，就算你是波拿巴的最愛也不可能放假。」

「不干你的事。」

「確實不干我的事，但你不會介意我跟幾個朋友提起這件事，對吧？」

他轉向薇拉奈莉。「我有其他朋友會對妳的經歷很感興趣。這些朋友願意花很多錢來好好認識妳。妳要是直接跟我走，事情會比較簡單。」

她對他的臉吐口水。

儘管後來還有很多年可以回想，而且是平靜無波的多年時光，我還是搞不清楚在那一瞬間之後發生了什麼事。我記得她對他吐口水時，他傾身試圖親吻她。我記得他張嘴往她靠近，雙手鬆開船緣，身體彎曲。他的手掃過她的乳房，而他的嘴，那張嘴，那張嘴是我腦中留下的最清楚圖像。那是一張淡粉色的嘴，是由肉體組成的一個洞穴，然後是他的舌頭，那條舌頭像蟲正要爬出自己的洞裡，剛好露出了洞口一點。她推了他一把，他在兩艘船之間失去平衡後往我這邊倒過來，幾乎要把我也壓倒。他雙手抓住我的喉嚨，我聽見薇拉奈莉一邊尖叫一邊把她的刀朝我扔過來，刀子落在我伸手可及之處。那是薇拉奈莉的刀，輕薄而殘酷。

「軟的地方，亨利，像切海膽一樣。」

我拿起刀往他的身體側邊刺進去，他翻身後我又往他的肚子刺。我聽見刀在吸吮他的腸子。我把刀抽出來，那把刀因為被拔開而憤怒，我再次讓刀深入他的腸子，深入他這些年過的好日子。那隻呆頭鵝和他酒紅色的肉體很快癱軟下來。我的衣服吸滿了血。薇拉奈莉把他從我身上拖開，至少拖開了一半。我站起身卻又完全站不穩。我要她幫忙把他翻過來，她一邊照做一邊盯著我。

我們把他翻過來，讓他肚子朝天，此時血不停從他的體內流出，我把他的上衣從領口往下扯破，望向他的胸口。他的胸口白皙無毛，就像聖人的肉體。聖人和魔鬼可以這麼相似嗎？他的乳頭跟他的嘴唇是一樣的顏色。

「你說他沒有心，薇拉奈莉，我們來瞧瞧吧。」

她伸手想阻止，但我已經用手中的銀色朋友劃下一刀，多麼著急的刀刃啊。我在大概正確的位置切出一個三角形，徒手把那塊三角形的肉挖開，就像給蘋果挖籽。

他有一顆心。

「妳想要嗎？薇拉奈莉？」

她搖搖頭，開始哭。我從沒見過她哭，在我們一起渡過零度冬季時從來沒有，我們的朋友死去時也沒有，在反抗他人的羞辱或談起這些經驗時也沒有。但她此刻正在哭泣，我把她擁入懷裡，任由那顆心掉在我們兩人之間，然後跟她說了公主的眼淚變成寶石的故事。

「我弄髒妳的衣服了，」我說，那是我第一次看見她的身上有血。「看看我的手。」

她點點頭，那顆鮮血淋漓的青色物體就躺在我們之間。

「我們得把這些船處理掉，亨利。」

但在剛剛那陣混亂中，我們已經把我們的兩把槳和他的一把槳搞丟了。她用雙手捧住我的頭，承受住整顆頭的重量，用緊貼著下巴的雙手撐住我。「坐著別動，你能做的都做了，現在讓我做我能做的。」

我坐著，頭靠在膝蓋上，雙眼緊盯著泡滿血的船底。我的雙腳就擱在血裡。

廚師的臉朝上，雙眼緊盯著天主。

我們的船正在移動。我看見他的船在我前方滑行，我身處的船則綁在那艘船後方，孩子們常會在湖面這樣把許多船綁起來。

我們正在移動。怎麼做到的？

我把頭完全抬起來，但仍屈膝坐著，我看見了薇拉奈莉，背對我的她肩膀上有根繩索。走在運河上的她正拖著我們兩艘船。

她的靴子整齊地並排放著。她放下了頭髮。

我被她的紅髮森林包圍，她正在帶領我回家。

四
岩石

他們說死人不會說話，就跟墳墓一樣靜默啊，他們說。但事實並非如此。死人一天到晚都在說話。每次只要起風，我就能在這塊岩石上聽見他們說話。

我可以聽見波拿巴說話，他在他的那塊岩石上沒撐多久。他先是胖了，然後染上風寒，於是這個男人從埃及的各種瘟疫及零度冬季倖存下來，最後卻死於輕微的潮濕氣候。

俄國人入侵了巴黎，我們沒燒掉巴黎，我們放棄了巴黎，他們把他帶走後重建了王室。

他的心在歌唱。在一座多風的島嶼上及紛飛的鷗鳥面前，他的心在歌唱。他等著時機到來，就像第三個兒子[1]，知道那幾個不牢靠的兄弟不可能智取自己，然後時機真的到來了，他在鹹濕海風中悄悄隨著船隊回來，但又在一百天後迎接了自己的滑鐵盧。

他們能拿他怎麼樣？那些獲勝的將軍和自以為正義的國家？

你玩，你贏，你玩，你輸。你就是要玩。

每場遊戲的結局都是反高潮。你不會獲得曾以為會有的感受，你以為無比重要的都不再重要。真正讓人興奮的是遊戲本身。

那要是你贏了呢？

世間沒有所謂到此為止的勝利。你一定要保護自己贏得的一切。你必須認真看待這件事。

勝利者一旦對獲勝感到厭倦就會落敗。就算之後可能後悔，但想拿價值連城的美好事物來對賭的衝動總是太過強烈。那是想再魯莽一次的衝動，即便是在繼承了所有鞋子之後，你仍想跟以前一樣光腳上陣。

1 作者珍奈．溫特森曾表示自己的寫作就像是追尋聖杯的旅程，過程中總是害怕自己無法成功，而且外人對自己從來也沒有抱持期待，「我覺得自己就像第三個兒子，那個終於贏的公主或成功屠龍的矮小傢伙」。所以這裡的「第三個兒子」應該是一種比喻，指的本來大家看不起卻有辦法跌破大家眼鏡成功的那種人。

他從不睡覺，他有潰瘍，他和約瑟芬離婚後和一個自私的婊子再婚（他活該只配得上她）。他需要一個保護自己帝國的朝代。他沒有朋友。他上床只需要大概三分鐘，甚至懶得先慢條斯理地解下佩劍。歐洲恨他。法國人厭倦了不停開戰、開戰，再開戰。

他是全世界最有權力的人。

他從那座島回來時覺得返老還童，覺得自己又是個無所畏懼的英雄。他是只有一套換洗衣物的救世主。

在對方全面獲勝第二次時，他們為他選了一塊較為漆黑的岩石，那裡的潮汐比較猛烈，陪著他的夥伴也比較無情。他們等於是把他活埋。

第三同盟。那是集結來對抗這個瘋子的抗衡力量。

我恨他，但他的對手也沒有比較好。死的人都死了，無論他們為哪一方作戰。

三個瘋子對上一個瘋子。結果是數量多的獲勝，而非正直。

我在起風時聽見了他哭泣，他來到我身邊，雙手仍因為最後一頓晚餐而油膩膩的，還問我是否愛他。他的表情在懇求我說愛他，我想起那些跟他一起流亡的人，後來都一個個搭上小船回家了。

他們身上幾乎都帶著筆記本。無論是他的人生故事，還是他在這塊岩石上的感受，總之他們打算展示出這頭瘸腳野獸的各種面向，藉此大賺一筆。

就連他的奴僕都學了寫字。

他沉迷於談論過去，因為死者沒有未來，他們的此刻就是各種回憶。他們就是永恆，因為時間已然靜止。

約瑟芬仍活著，她最近才剛把天竺葵引進法國。我對他提起這件事，但他說他從來不喜歡花。

我在這裡的房間非常小。一旦躺下伸展開四肢就會頂到每個角落，但其實我會儘可能避免躺下，理由我之後解釋。不過我有一扇窗戶，而且跟此處的大多其他窗戶不同，這扇窗戶沒有欄杆。這扇徹底敞開的窗戶連玻璃也沒有，所以我可以直接把身體探出去，眼神望向潟湖對面，偶爾還能看見划著船的薇拉奈莉。

她向我揮舞手帕。

我會在冬天使用一條用布袋做的厚窗簾，我會把窗簾對折後掛在窗戶上，再用便桶將下緣在地上壓好。假如再搭配包裹住身體的毛毯，窗簾的效果算是夠好了，但我還是深受鼻粘膜炎所苦。這證明我現在是個威尼斯人了。地板上鋪的稻草讓我有家的感覺，有些日子醒來時還能聞到烹調燕麥粥的氣味，我說的是那種又濃又黑的粥。我很喜歡那樣的日子，因為代表媽媽在家。她看起來跟以前完全一樣，或許還更年輕一點。雖然之前被馬壓住的地方害她只能跛腳走路，但反正在這個小房間內不需要走很遠的距離。

我們平常早餐吃的是麵包。

房內沒有床，但有兩顆很大的枕頭，其中也塞滿稻草。這些年來我也會往枕頭裡塞海鷗羽毛，睡覺時我會坐在其中一顆枕頭上，另一顆就墊在牆面上讓我靠著背。這樣很舒服，也代表他無法把我勒死。

我第一次來到這裡時，啊我已經忘記自己來多少年了，總之他當時每晚都試圖把我勒死。每次我在跟別人共用的房間躺下，都能感覺到他的手摸上我的喉嚨，他的呼吸散發著嘔吐物的氣味。我能看見他肉粉色的嘴巴湊過來要親我，那是猥褻的玫瑰粉色。

過了一陣子後，他們把我移到單人房，因為我讓別人心神不寧。

還有一個男人也有自己的房間。他彷彿打從開天闢地時就在這裡，而且試圖逃走過好幾次。他被帶回時常是差點溺死的狀態，因為他以為他可以走在水上。他很有錢，所以房間非常舒適。我其實也可以花錢住好一點，但我不想從她手中拿錢。

我們把那兩艘船藏進一條髒臭的水道，那是載運垃圾的拖船經過的地方，然後薇拉奈莉重新穿上靴子。那是我唯一一次看到她的腳，而我通常稱為「腳」的東西不是長那樣子。她把腳像扇子一樣攤開，接著又用同樣的方式摺疊回來。我想摸摸那雙腳，但我的雙手沾滿鮮血。我們任由他臉朝天空躺在原處，心臟也還落在他的身旁。我們走路離開時，薇拉奈莉一直環抱著我、安撫我，同時藉此掩藏我衣服上的部分血跡。只要有人經過我們身邊，她就會把我推到牆上激情地吻我，以免任何人看見我的身體。我們就這樣做愛。

她把事發經過都告訴了她的父母，然後他們三人取了熱水替我清洗，還燒掉我的所有衣服。

「我夢見有個人死了，」她母親說。

「噓，別說了，」她父親說。

他們用一條羊毛毯包裹住我，讓我在爐邊一張屬於她兄弟的床墊睡下，我睡得像無辜的人一樣沉，也不知道薇拉奈莉整晚都在沉默地為我守夜。我在半夢半醒中聽見他們說，「我們該怎麼辦？」

「當局會來這裡。我是他的妻子。我跟這事沒關係。」

「那亨利呢？就算他無罪，他還是個法國人啊。」

「我會照顧亨利。」

我聽見這些話後徹底睡去。

我想我們知道自己會被抓到。

我們在接下來幾天讓自己的身體沉浸在享樂中。我們每天很早出發去各個教堂盡情狂歡。所謂狂歡的意思是說，薇拉奈莉會任由自己沐浴在天主五光十色的戲劇效果中，卻沒有絲毫把天主放在心上，而我則會坐在階梯上玩圈圈叉叉的遊戲。

我們讓雙手撫摸過一切溫暖的表面，我們沉浸在金屬及木頭吸收的陽光熱氣中，還有無數隻毛皮都烤得暖烘烘的貓咪。

我們吃剛捕捉到的鮮魚。她用從主教那裡借來的歡慶之船帶我環繞那座島嶼。

第二天晚上，夏日無止盡的雨水淹沒了聖馬可廣場，我們站在廣場邊緣望著兩個威尼斯人用兩把椅子渡過大水。

「到我背上，」我說。

她不可置信地看著我。

「我無法走在水面，但可以涉水而過，」我脫下鞋子，要她拿著，然後我們兩人跌跌撞撞地穿越廣場。她的雙腿好長，必須一直往上勾才不會拖在水裡。等走到另一邊時我已氣力放盡。

「這哪是從莫斯科走到這裡的男孩子啊，」她逗著我說。

我們挽著彼此的手臂去找晚餐吃，飯後她為我示範如何吃朝鮮薊。危險與享樂。危險邊緣的享樂是如此甜美。正是可能敗退的感覺，讓賭徒覺得獲勝是一種愛的表現。第五天，我們的心臟幾乎不再狂跳了，也幾乎可以平常心看待夕陽的落下。自從殺了他之後出現的頭痛也消失了。

第六天，他們來抓我們了。

他們來得很早，就跟開往市場的蔬菜船一樣早。他們來之前毫無預警，三人直接搭著一艘升著旗幟的閃亮黑船前來。就只是來問些問題啦，沒什麼。薇拉奈莉知道她的丈夫死了嗎？她和我如此匆忙離開賭場後發生了什麼事？

他有跟上來嗎？我們有看見他嗎？

薇拉奈莉在法律上無疑是他的妻子，因此現在似乎繼承了一大筆財產，當然如果她是犯人就另當別論了。有一些關於他資產的文件需要她簽署，此外她也必須去指認他的屍體。他們建議我不要離開屋子，為了確保我遵循這項建議還派了個男人待在水門前看守。他享受著照在額頭上的陽光。

多希望我是在亮綠色田野上盯著亮藍色天空啊。

她那天晚上沒有回來，隔天晚上也沒有，守住水門的男人就這麼等著。等她終於在第三天早上回家時，身邊還陪著兩個男人，她不能開口所以只是用雙眼警告我，我就這麼沉默地被帶走了。那名廚師的律師是個狡猾又不老實的男人，臉頰上長了一顆疣，雙手很漂亮。他非常直接明瞭地告訴我，他認為薇拉奈莉有罪，而且我就是共犯。他問我願意簽署這樣一份認罪書嗎？如果我願意，他或許能在我消失不見時假裝沒注意到。

「我們一般來說不可能那麼不謹慎，我們可是威尼斯人啊，」他說。

那薇拉奈莉會怎麼樣呢？

廚師的遺囑條文非常耐人尋味。他沒有試圖剝奪妻子的權利，也沒有嘗試將財產分給別人。他只是簡單指出，如果她因為任何理由無法繼承（找不到人也是其一），他要將資產全數捐給教會。

既然他本來以為永遠不會再見到她了，為什麼選擇捐給教會呢？他曾是任何教會的信徒嗎？我的表情顯然非常驚訝，因為律師立刻坦率地向我表示，廚師喜歡觀賞那些穿紅衣服的唱詩班男孩。他的臉上露出一抹微笑，似乎只是將這項喜好視為宗教傾向，但就算他還有釋放出什麼訊息，總之也立刻隱藏起來了。

律師這樣做追求的是什麼？我不禁想。他何必在意誰能拿到錢呢？他看起來不像有良心的人。我生平第一次意識到自己是有權力的那方。我掌握了得以翻轉整個賭局的萬用王牌。

「我殺了他，」我說。「我用刀捅了他，挖出他的心臟。要我示範我把他胸口切出的形狀嗎？」

我在窗玻璃的灰塵上畫出形狀。那是個邊緣粗糙不平的三角形。「他的心臟是青色的。你知道心臟是青色的嗎？完全不紅。就像是紅色森林中的一顆青色石頭。」

「你腦筋不正常，」律師說。「沒有任何正常人會這樣殺人。」

「沒有正常人會像他那樣活著。」

我們都沒說話。我聽見他的呼吸聲，那樣粗糙的氣息如同砂紙在摩擦。他把雙手放在準備給我簽署的自白書上。那是雙整理得非常精緻的手，比下頭壓住的紙還要白。他怎麼會有那樣一雙手呢？他不可能有權擁有這樣一雙手。

「如果你說的是實話……」

「相信我。」

「那你必須待在這裡，等我做好處置你的準備。」

他起身出去後鎖上門，把我留在他這間充滿菸草和皮革家具的舒適房間，他的桌上有凱薩大帝的半身像，窗玻璃上還留著那顆邊緣粗糙的心。

到了晚上，薇拉奈莉來了。因為繼承遺產後得以動用的權力大增，她是獨自一人前來。她從烘焙屋拿了一罐酒、一條麵包，和一籃沒烹調過的沙丁魚。我們像兩個被意外留在叔叔書房裡的小孩般一起坐在地板上。

「你知道自己在幹什麼嗎？」她說。

「我說了實話，就這樣。」

「亨利，我完全不知道接下來會怎樣。皮耶羅（那個律師）認為你瘋了，而且會試圖用這種說法把你送審。我沒辦法收買他。他是我丈夫的朋友。他仍然相信是我幹的，就算是動用了世間所有的紅髮女郎和我的所有錢，也都無法阻止他傷害你。他這人就是為了恨而恨。有人就是這樣。那種什麼都有的人就是這樣。他們有錢、有權、有的是人可以上床。跟我們相比，這些擁有一切的人會拿更幽微難解的籌碼來玩。那個男人已沒有其他可以興奮追求的目標了。太陽升起永遠不會讓他快樂。他永遠不會在陌生城鎮迷路時被迫向人問路。我無法收買他。我無法誘惑他。他想要一命抵一命。不是你就是我。讓我去抵吧。」

「妳沒有殺他，是我殺的。我不感到抱歉。」

「本來我也打算殺的，用的是誰的刀或誰動手並不重要。你也是為了我才對他下手。」

「不，我是為了自己對他下手。他讓所有好事都變得齷齪。」

她握起我的雙手。我們聞起來都是魚的味道。

「亨利，如果你以精神失常的狀態被定罪，他們不是會把你吊死，就是會把你送去聖塞沃羅。就是那座島上的瘋人院。」

「妳帶我去看過的那座島嗎？俯瞰潟湖且沐浴在陽光中的島？」

她點點頭，我忍不住想再次住在那種地方會是什麼感覺？

「妳有什麼計畫，薇拉奈莉？」

「有了那些錢之後嗎？買棟房子吧。我已經去過夠多地方了。然後找到讓你自由的方法。如果你選擇活下來的話。」

「我能選擇嗎？」

「這件事我還能做到。能決定你生死的不是皮耶羅，是法官。」

天色陰暗。她點起蠟燭後讓我靠在她的身上。我把我的頭靠在她的心口，聽著她的心臟跳動，節奏穩定得像是從來沒離開過。除了母親之外，我從未這樣躺在任何其他人身上。我母親會讓我靠在她的乳房上，在我耳邊悄聲說著聖經的經文。她希望我能藉此學習，但我只聽見火堆劈啪作響，還有她為我父親熱洗澡水時冒出的蒸氣嘶鳴。此刻我除了她的心跳什麼都聽不見，除了她的柔軟之外什麼都感覺不到。

「我愛妳，」我對她說，當時和此刻都是如此。

隨著天色逐漸徹底暗去，我們望著蠟燭投影在天花板的陰影愈來愈巨大。皮耶羅在他的房裡收藏了一隻手掌（無疑是從某個擔驚受怕的流亡者身上砍下的標本），那片手掌在天花板上投出如同叢林的影子，其中彼此糾結蔓延的寬大葉片內可以輕鬆躲入一頭老虎。桌上的凱薩像有足以凸顯自身的輪廓，我畫的三角形卻已經無法再看見了。房內聞起來是魚和蠟油的氣味。我們在地上平躺了一陣子，然後我說，「看吧？現在妳明白為什麼我喜歡靜靜地望著天空了。」

「我只有不開心時才會靜靜待著。我不敢動是因為任何動靜只會加速明天的到來。我想像要是我保持完全靜止不動，我所害怕的事就不會發生。我和她共度的最後一晚，第九個夜晚，我就嘗試在她睡著時一動也不動。我聽說過一個故事，說遙遠的北方有極冷的荒原，那裡的夜晚有六個月長，而我盼望著出現一場把我們帶去那裡的日常奇蹟。若是我拒絕，時間還是會過去嗎？」

我們那晚沒有做愛。我們的身體太過沉重。

我在隔天受審，而情況就跟薇拉奈莉預料的一樣。我被宣告精神失常，判處在聖塞沃羅監禁終身，當天下午就要去服刑。皮耶羅看來很失望，但薇拉奈莉和我都沒看他。

「我大概一週後就能去看你了，我會為你想辦法，我會把你救出來。所有人都可以被賄賂。要勇敢，亨利。我們從莫斯科走來了這裡。我們可以走過水面。」

「是妳可以。」

「我們都可以。」她擁抱我，並保證會在那艘可怕的船載我出發前去潟湖找我。我有的財產不多，但我想要多米諾給我的護身符，還有她母親為我刺繡的聖母圖。

聖塞沃羅。那裡以前專供有錢的瘋子居住，但波拿巴至少在面對瘋狂時是個平等主義者，所以把這個地方開放給大眾使用，而且特別撥出一筆基金用來維護此地。設施內部仍能看出以前的金碧輝煌。有錢的瘋子過得可安逸了。那裡有一間寬闊的會客室，有名女士偶爾會坐在那邊喝茶，對面坐著她被強制穿上拘束衣的兒子。以前守衛會穿著制服和閃亮的靴子，任何流口水到靴子上的病人都會被關禁閉一星期，不過會這樣做的病人不多。這裡有座不再有人照顧的花園，後來成為一英畝充滿造景石及枯花的黯淡荒地。整座設施現在分成左右兩側，一側住的是還在這裡的有錢瘋子，另一側是數量愈來愈多的貧窮瘋子。薇拉奈莉本來指示要把我送進有錢的那側，但我發現要花多少錢後拒絕了。

反正我本來就寧可跟一般人待在一起。

他們在英格蘭也有個瘋掉的國王，可沒有人去把他關起來。

喬治三世可是稱呼他的上院成員為「我的上議院議員和孔雀們。」

有誰能搞懂英格蘭人跟他們莫名其妙的辣根[2]？

跟這群奇怪的人待在一起並不讓我害怕。

我只有在聽見那些說話聲時開始感到害怕，而且死者會在說話聲傳來後親自沿著廊道走來，用他們空洞的雙眼盯著我。

薇拉奈莉來的前幾次，我們還會談起威尼斯和人生，她當時對我的處境滿懷希望。然後我跟她說了那些人說話的聲音，還說廚師的手會摸上我的喉頭。

「那是你想像出來的，亨利，別自我放棄，你很快就會自由了。沒有什麼人在說話，也沒有人影。」

但真的有。就在那顆石頭底下，在窗台上。那些說話的聲音真的存在，而且必須有人聽見。

當亨利被那艘可怕的船帶去聖塞沃羅時，我本來打算立刻想辦法讓他重獲自由。我嘗試找出精神失常者被關在那裡的法律根據，也想確認是否有可能讓醫生檢查病患的狀況有無改善。我發現這麼做似乎可行，但唯有不對人類造成危害的人才能重獲自由。荒唐，明明有這麼多對人類有危害的傢伙到處橫行，也沒人去給他們做檢查。亨利是被判了終身監禁的住院

2　辣根（horseradish）是一種類似山葵的嗆辣植物，通常使用其根部來調製辣根醬料。

病患。沒有任何法律手段能讓他自由，至少皮耶羅還跟此事有關時不可能。

那好吧，我得幫他逃走，確保他能安全前往法國。

前幾個月去探視時，他雖然跟三個外表醜惡而且習慣嚇人的傢伙住在一起，整個人看起來仍是愉快又樂觀。他說他沒怎麼管他們。他說他忙著在寫自己的筆記本。但或許早在我注意到之前，他的改變就已有跡可循，可是我的人生出現了意料之外的轉折，那些事佔據了我的心思。

不知道是在什麼樣的瘋狂驅策之下，我買下了她家對面的房子。那是一棟跟她家一樣的六層樓屋子，有採光良好的長窗能在地上投射出一片片陽光。我始終沒費心去裝潢任何一個房間，只是在屋子內一邊踱步一邊望向她的會客廳、她的客廳、她的縫紉間，我沒看見她，只是像個傲慢的男孩一樣來回走著，雙眼望著那條上面有我年輕面貌的花毯。

某次在陽台上拍打毯子時，我終於見到她了。

她也看見了我，我們兩人如同雕像一樣站著不動，各自立在自家陽台上。我手中的地毯掉進了運河。

「妳是我的鄰居，」她說。「妳該過來拜訪一下，」就這麼約定好了，我該在當天晚餐前去拜訪一下。

明明都已經八年多過去了，但在敲響她家大門時，我並不覺得自己是從莫斯科走回來後目睹丈夫被殺的女繼承人，反而覺得自己還是那個穿著借來制服的賭場女孩。我本能地把手放上心口。「妳長大了，」她說。

她完全沒變，不過她之前就已經任由灰髮增長而不去處理了，我剛認識她時她也對這點感到非常驕傲。我們在橢圓形的桌邊用餐，她再次和我並肩坐著，中間也同樣擺著一瓶酒。我們要談話並不容易，從來沒有容易過，因為我們不是忙著做愛，就是害怕被人偷聽到談話內容。我憑什麼以為光陰的流逝能讓情況有所不同？

今晚她的丈夫在哪裡？

他離開了她。

不是為了另一個女人。他沒在關注其他女人。他才剛離開沒多久，為的是去尋找聖杯。他相信他的地圖絕對正確。他相信寶藏絕對存在。

「他會回來嗎？」

「可能會，也可能不會。」

萬用王牌。那張難以預測的萬用王牌始終不會在應該出現的時候出現。要是這張牌早點出現，就早個幾年，我會怎麼樣呢？我望向自己的掌心，努力想看見另一種可能的人生，那個平行存在的世界。若是回到那個時間點會如何？我的自我在那時分裂開來，其中一個自我和胖男人結婚，另一個自我則留在這裡，就在這棟高雅的屋子中，每晚每晚在那張橢圓形的桌子旁邊吃晚餐。

難道正是因為如此，我們才可能在遇見一個不認識的人時，立刻感覺已經認識了對方很久？甚至覺得他們的習慣一點都不令人驚訝？或許我們的各種人生可能性像扇子一樣攤開後包覆住我們，而儘管我們只能確知其中一種人生，卻仍會不小心感應到其他人生。

我遇見她時覺得她就是我的命運，那種感覺儘管無法看見卻從未改變。就算我去了世間的荒涼之地，也有愛過其他人，卻不能說真正離開過她。有時我和朋友喝咖啡，或者獨自走在過度鹹腥的海邊時，我會偶然見到過著另一種人生的自己，我能碰觸到那個人生，那感覺就跟我所擁有的人生一樣真實。如果她在我們初次見面時，就是獨自住在那棟優雅的屋子中呢？或許我就永遠不會感應到、也不會需要我的其他人生了。

「妳要過夜嗎？」她問。

不，在這個人生不會。現在不會。激情無法受人操控，不是放出後能答應完成你三個願望的神燈精靈。激情操控著我們，而且很少透過我們願意選擇的方式。

我很生氣。無論你初次愛戀的對象是誰，我說的不只是愛上而已，而是真正的戀愛，那人永遠都會讓你生氣，而且會讓你無法理性思考。就算你去了其他地方定居，就算你過得很快樂，但把你的心取走的那個人握有操控你的最終權力。

我很生氣，因為她之前渴望我，也讓我渴望她，但又害怕接受這麼做代表的意義；這麼做代表不願只在公共空間短暫會面，也不願只在別人讓出的夜晚偷偷相見。為摯愛抱持的激情可以撐過七年的艱苦勞動，就算受了欺騙也仍願意再多苦七年。[3]但激情因為是高貴的情感，絕不會願意去撿別人不要的。

我有過好幾段風流韻事，之後也還會有，但激情是專屬於專情的人。

她又問了，「妳要過夜嗎？」

若是人生很晚才初次感受到激情，要放棄就更難了。這些很晚才見到這頭激情之獸的人擁有的都是魔鬼選項。他們會願意告別已知的熟悉世界，揚帆航向未知的海域，不管是否能再次看見陸地嗎？他們會揮別讓人生比較能忍受的日常事物，把老朋友的感受放下不管，或甚至放下一個愛人嗎？簡而言之，當迦南美地就在山脊另一邊時，他們能拿出年輕二十歲的表現嗎？

通常不會。要是他們真的這麼做了，你可能得在船隻揚帆啟航時把他們綁在桅杆上，因為女妖的呼喊實在太可怕了，他們聽了可能會想起自己失去的一切之後發瘋。

那是其中一個選項。

另一個選項就是學會像雜耍一樣左支右絀去應付激情及現實，我們在那九晚就是這麼做的。但正如雜耍一樣，這麼做就算不讓人心累，很快也會讓人的身體疲累。

3《舊約》〈創世記〉中雅各想娶拉結為妻，遂自願替她父親無償工作七年，但期滿後被騙與拉結的姊姊利亞完婚，若想再娶拉結必須再付出七年的勞動。

這裡說了兩個選項。

第三個選項是否認激情的存在，就像有理智的人會否認屋內出現花豹，無論那頭花豹一開始看起來多溫馴也一樣。你可能會說服自己，要餵養一頭花豹並不難，而且你的花園夠大，但至少也會在一次次的夢境中明白花豹不可能滿意自己獲得的待遇。一起度過九晚後就一定會渴望第十晚，所有讓人不顧一切的會面只會讓人不顧一切地期待下一次見面。你的愛永遠需要更多食物，也需要更大的花園。

所以你否認，然後發現屋內有花豹的鬼影徘徊不去。

人生太晚才感受到的激情實在難以消受。

就再一晚。多麼誘人啊。多麼無邪的邀約啊。我當然可以留下來過夜吧？有什麼關係嗎？就再一晚？不行。如果我聞到她的肌膚，終於碰觸到她赤裸而無聲的曲線，她就會伸手進來把我的心如同鳥蛋一般取走。時間過得不夠久，我的心上還沒長滿足以抵抗她的藤壺。如果我屈服於這樣的激情，我那最為堅實、最為人所知的真實人生就會消失，導致我再次仰賴陰影而活，就像奧菲斯逃離的那些亡靈[4]。

我祝她晚安，最後只是撫摸了她的手，內心慶幸她的雙眼遭到黑暗掩藏。我那晚沒有上床睡覺，而是在無光的巷弄間晃蕩，試圖從冰涼的牆面和水流規律的拍打聲中尋求安慰。隔天早上我封閉了自己的屋子，再也沒回去那裡。

4 希臘神話中的音樂家奧菲斯（Orpheús）因為無法克服亡妻哀傷，衝入地獄尋找時以琴聲感動冥王，冥王答應他若能離開地獄的一路上都不回頭，就讓他的亡妻復生，他於是一路上擺脫亡靈糾纏往外走，最後卻忍不住回頭確認妻子是否有跟上，功敗垂成。

那麼亨利呢？

正如我所說，我在前幾個月都以為他還是之前的亨利。他跟我要了一些用來寫作的工具，看似專注地努力在紙上重現自己離家後的旅程，還有和我一起度過的時光。他愛我，我知道，我也愛他，但那種愛像是亂倫地愛著自己的兄弟。他可以碰觸到我的心，但無法讓我全身渴望著顫慄。他永遠無法偷走我的心。我忍不住想，要是我能回應他的激情，他的人生是否能有所不同？從沒有人回應他的激情，而他乾瘦的胸膛又裝不下那顆過於寬大的心。實在應該要有人奪走那顆心來帶給他平靜才對。他以前說他愛波拿巴，我相信他。波拿巴啊，這樣一個非凡的人物一路席捲到了巴黎，並將手探向英吉利海峽，還讓亨利和那些純樸的士兵感覺英格蘭就屬於他們。

我聽說小鴨子初次張開雙眼時，會依戀上第一眼看到的對象，不管看到的是不是一隻鴨子。亨利就是這樣，他張開雙眼時看到的就是波拿巴。

這就是為何他如此恨他。他讓他失望。激情很難應付失望。所愛的對象不配獲得自己的愛時，有什麼比這更羞辱的事嗎？

亨利是個溫和的人，我在想殺死那個胖廚師是否殘害了他的心靈？在從莫斯科回來的路上，他告訴我他在軍隊待了八年，但沒有傷害過任何一個人。明明有八年的參戰經驗，而他做過最糟糕的事只有殺了自己也數不清的雞。

但他並不是懦夫，他可以為了把同袍從戰場上拖下來一次又一次拿自己的命去犯險。這是派翠克跟我說的。

亨利啊。

我現在不去探望他了，改成每天大約這時候從船上向他揮手。

他說開始聽見有人在說話時——其中包括他的母親、那個廚師，還有派翠克——我曾努力讓他明白那些聲音不存在，只是他自己想像出來的。我知道死者偶爾會吶喊，但我督促他別管那些聲音，專注於自己身上就好。身處瘋人院的人需要持守住自己的心靈。

他不再跟我談起那些聲音了，但我從守衛口中聽說他會夜復一夜尖叫著醒來，雙手掐住自己的喉嚨，有幾次還差點把自己掐死。這樣的行為讓其他人困擾，所以他們把他移到單人房。之後他變得比較平靜，也有在使用我為他帶去的書寫工具和檯燈。當時我還在為了讓他重獲自由而努力，也有信心能做到。我已經跟守衛熟了起來，覺得可以用錢和性愛收買他們，畢竟我的紅髮很吸引人。那些日子的我還會跟亨利上床。他擁有男孩的細瘦身體，覆蓋在我身上時如同一張床單，因為我教他如何在床上愛我，他也就愛得非常好。在我向他示範之前他完全不懂男人該怎麼做，也不理解自己的身體能做到什麼。他讓我愉悅，可是望向他的臉時我明白他獲得的不只是愉悅，但我就算因此感到不安也選擇不去想。我學會了在享受愉悅的當下不去思考愉悅的源頭。

發生了兩件事。

我跟他說我懷孕了。

我跟他說他會在大概一個月後自由。

「那我們可以結婚了。」

「不行。」

我握住他的雙手，試圖解釋我不可能再結婚。他不能住在威尼斯，我也不會去法國住。

「那孩子怎麼辦？我要怎麼知道孩子過得如何？」

「我會等到安全後把孩子帶去找你，你也能在安全後再次回來威尼斯。比如說我會讓皮耶羅坐牢，總之我會找到方法。你得先回老家。」

他在我們做愛時沉默不語，然後他用雙手握住我的喉嚨，口中緩慢吐出舌頭，那片舌頭就像粉紅色的蠕蟲。

「我是妳的丈夫，」他說。

「別這樣，亨利。」

「我是妳的丈夫，」靠近我的他雙眼圓瞪，眼珠子玻璃般清透，舌頭顏色變得好粉紅。

我把他推開，他蜷縮在角落開始哭。

他不讓我安慰他，我們再也沒有做愛了。

這不是我的錯。

逃亡的那天到來。我一步踏過兩層階梯奔跑著去找他，用我一直擁有的鑰匙打開他的房門。

「亨利，你自由了，來吧。」

他盯著我。

「派翠克剛剛才來過。妳錯過他了。」

「亨利，快點。」我拖著他站起來，搖晃他的肩膀。「我們要離開了，看向窗外，那是我們的船。那是慶典用的遊船，我又搞定那個狡猾的主教了。」

「船在下面，這裡很高，」他說。

「你不需要用跳的。」

「不需要嗎？」

他的眼神憂慮。「我們可以及時下樓嗎？他會抓住我們嗎？」

「沒有人要抓我們。我已經賄賂了他們，我們現在就出去，你再也不會看見這地方了。」

「這是我家，我不能離開。媽媽會怎麼說？」

我把雙手從他的肩膀放下，一隻手扶住他的下巴。

「亨利，我們要走了。跟我來。」

他不肯。

那個小時都不肯，下一個小時也不肯，隔天也不肯。那艘船開走時，只有我在船上。他甚至沒走到窗邊。

「回去找他吧，」我母親說。「他下次的反應會不一樣。」

我回去找他了，或者說我又去了聖塞沃羅。一名負責體面病房區的有禮守衛來和我一起喝茶，儘可能好聲好氣地說亨利不想再見我了。亨利明確表示不願意見我。

「他怎麼了？」

守衛聳聳肩，那是威尼斯人什麼都說了但又什麼都沒說的方式。

我又回去了幾十次，但總是發現他不想見我，搞得最後總是在跟那名有禮的守衛喝茶。他想當我的愛人，但他不是。

很久之後的某一次，當我划船進入潟湖後在他所處的那顆孤絕岩石旁漂盪，看見他的身體從窗口探了出來，我揮手，他也揮手，我當時以為他可能看見了我，但其實沒有。他沒看見我，也沒看見寶寶，那個寶寶是女孩，頭髮茂密如同清晨的太陽，雙腳長得跟他一樣。

我現在每天都會划船去向他揮手，但根據我被退回來的那些信件，我知道我已經失去了他。

或許他已經失去了他自己。

至於我，冬天的我仍沐浴在教堂的光輝中，夏天時沐浴在牆面吸收的熱氣中，我的女兒聰明機伶，現在已經開始喜歡看骰子落下，也喜歡把撲克牌在桌面攤開成扇形。我無法拯救她遠離抽到黑桃皇后或任何其他牌面的命運，她會在時機成熟時抽到自己的命運，賭輸她的心。這麼性格強烈的髮絲怎麼會為她帶來其他可能性呢？我獨自生活。我比較喜歡這樣，但每晚都不是獨自度過，而且愈來愈常去賭場見老朋友，也會望著掛在牆上那個裝著兩隻白手的玻璃盒。

價值連城的美好事物啊。

我不再扮裝，也不再偷穿男人的制服，只偶爾感覺另一種人生擦身而過，那是我沒選擇去過的陰影人生。

這是一座偽裝之城。今天的你無法規範明天的你。只要擁有機智或財富，你可以自由地探索自己，沒有人能阻礙你。這是座建立在機智及財富上的城市，我們對此兩者情有獨鍾，不過它們並不必然連袂出現。

我行船駛向潟湖，聆聽海鷗的鳴叫，不知道自己之後會身處何方。比如八年之後？柔軟的黑暗掩藏住未來，迴避我過度好奇的眼神，但我對此心滿意足；無論如何，我之後所處的地方不會是現在這裡。人的內在之城無比遼闊，無法靠著地圖認路。

至於那價值連城的珍貴事物呢？

既然我已經拿回來了呢？既然我有了只在故事中才有的全新機會呢？

我會再拿出去賭嗎？

我會。

我死之後，哪管洪水滔天。[5]

其實不能這樣說。確實是有幾個人淹死，但也有些人之前就淹死了。他太高估他自己了。

竟然有男人會如此相信自己創造出來的神話，實在很怪。在這塊岩石上，法國發生的事幾乎影響不到我。對我來說有什麼差呢？我和母親及朋友安全地待在家裡呢。

我很高興他們把他送到厄爾巴島[6]。快點死掉能讓他迅速成為英雄，

5「我死之後，哪管洪水滔天」這句法文是「Après moi, le deluge.」據說是法王路易十五（也就是被法國大革命推翻的國王）對寵愛的女人所說的話，直譯是「我死之後，將會洪水滔天」，普遍被解讀為一種虛無主義的態度，也就是只在意自己，至於自己死後哪怕災難毀滅了一切，他也毫不在乎，但也有人認為這是他認為毀滅即將到來的預言。

6 一八一三年時，拿破崙遭到第六反法同盟擊敗，一八一四年時拿破崙被迫退位後又被流放到厄爾巴島（Elba）。不過不到一年他又逃出小島捲土重來。

總比讓人聽見那些不停提及他體重增加及脾氣變差的消息來得好多了。他們很聰明，那些俄國人和英格蘭人啊，他們根本不打算費心去傷害他，他們只是讓他失勢。

現在既然他死了，他也就再次成為了英雄，而且不會有人介意，因為他無法想盡辦法利用這個名聲去撈好處了。

我已經厭倦一次又一次聽見他的人生故事了。他會不請自來地走進這裡，儘管身形嬌小卻仍占據了我的所有空間。我唯一看到他卻感到開心的一次是因為廚師在場，廚師看到他之後嚇得立刻走開。

他們都在身後留下了自己的氣味。波拿巴留下的是雞的氣味。

我一直收到薇拉奈莉寫來的信。我把沒打開的信全數寄回去，從來沒有回覆過。不是因為我不會想起她，也不是因為我沒有每天在窗口尋找她的身影，但我必須趕她離開，因為她把我傷得太深。曾經有那麼一次，我想大概是幾年前吧，她嘗試要帶我離開這個地方，但不是為了跟她在一起。她要求我在已經感到安全的時候再次變成孤身一人。我再也不想孤身一人待著了，也不想再多見識這個世界。

人的內在之城無比遼闊，無法靠著地圖認路。

她來的那天正是多米諾死去的那天。但我始終沒見過多米諾。他沒有來這裡。

我在那天早上醒來計算我所擁有的財產：聖母像、我的眾多筆記本、這個故事、我的檯燈和燭芯，我的筆和護身符。

我的護身符已經融化，只剩下金鍊子躺在一攤水中，那條鍊子閃閃發亮。

我撿起鍊子繞在手指上，望著鍊子從一根手指垂落到另一根手指上，如同蛇一般滑動。我就是在當時知道他死了。我把金鍊子掛到脖子上，她來的時候一定會看見才對，但她沒注意。她的雙眼明亮，雙手充滿逃逸的氣息。我之前跟她一起逃走過，我以流亡者的身分來到她家，還為了愛留下來。傻子才會為愛留下來。我在軍隊待了八年也是因為懷抱對某人的愛。你本來以為這樣就夠了。所以我留下來了，但也是因為無處可去。

我是自己選擇留下的。

這對我來說意義重大。

她似乎認為我們可以順利逃上她的船，過程中不被任何人抓到。難道她是瘋了嗎？到時候我又得殺人了。我無法再這樣做，就算是為了她也不行。

她告訴我她打算生下孩子，但不要跟我結婚。

這要怎麼可能？

我想跟她結婚，卻無法擁有她的孩子。

不跟她見面對我來說比較輕鬆。我並不總是跟她揮手，我有一面鏡子，我常在她經過時稍微往窗戶的旁邊站，如果當時陽光閃耀，我就能在鏡子中看見她的髮絲倒影。這時地板上的乾草會被照得閃閃發光，我想從前那座神聖的馬廄就是這個樣子吧：壯麗、樸素，一種根本不可能的存在。

船中有時會有個孩子跟著她，那一定是我們的女兒了。不知道她的腳長什麼樣子。

除了我的老朋友之外，我不會跟這裡的人說話。不是因為他們瘋了而我沒瘋，是因為他們很難維持專注力。平常就很難讓他們一直談同一個話題，就算我成功了，通常也是我沒什麼興趣的話題。

我對什麼有興趣？

激情。耽溺。

我兩者都體會過，我知道其間的界線相當細薄、殘酷，就像威尼斯的刀。

當我們從莫斯科穿越了零度冬季時，我相信我是在走向一個更好的地方。我相信我是在採取行動，是在把長久以來壓迫我的悲傷和汙穢拋在腦後。自由意志屬於我們每一個人，我的神父朋友這麼說過。改變的意志。我不怎麼重視水晶卜卦或巫術。我跟薇拉奈莉不同，我無法在掌心看到那些隱藏的世界，也無法在雲霧繚繞的球體中看見未來。但儘管如此，我該如何解釋奧地利抓住我的那個吉普賽人說的話？對方在我的額頭上劃了一個十字後說，「你的作為還有一個孤寂的地方都充滿憂傷。」

我做過的一切充滿憂傷，如果沒有在這裡遇到我的母親和朋友，這會是全世界最荒寂的所在。

海鷗在我的窗邊鳴叫。我以前羨慕牠們的自由，牠們和綿延的田野一起丈量著遠方，見證著遠方之後還有遠方。自然萬物都安得其所。我以為一件士兵的制服可以讓我自由，因為士兵總是受到歡迎及尊敬，而且他們每一天都知道隔天會發生什麼事，所以不需要受到不確定性的折磨。我以為我是在為這個世界服務，我以為我是在解放這個世界，也在過程中解放自己。多年過去，我去過了農民從沒想過的各種遠方，卻發現每個國家的空氣都差不多相同。

每個戰場都長得差不多。

關於自由的說法很多。自由就像聖杯，我們常在成長過程中聽說聖杯的存在，我們非常確定它存在，每個人對於其所在之處也有各自的看法。

我的神父朋友儘管各方面都很世俗，卻仍在天主身上找到了自由，而派翠克在有哥布林妖怪陪伴的混亂心靈中找到了自由。多米諾說自由存在於每個此刻，只有活在當下才能自由，然而那樣的經驗極為罕見，出現時往往毫無預警。

波拿巴教導我們，自由必須仰賴戰鬥的力量，但在聖杯的傳說中，沒有人是靠武力成功。真正得到聖杯的是珀西瓦，那位溫和的騎士，他在那間荒頹的禮拜堂發現了其他人沒注意的聖杯，而且只是靜靜坐著就看到了。現在我認為自由不是擁有權力或金錢，也不是受人看重或不用負起任何責任，而是有辦法去愛。你要能夠愛一個人愛到忘記自我，就算只有一瞬間也就是自由。神祕主義者和神職人員常說人必須拋棄身體和身體的渴望，不再成為肉體的奴隸，卻不說我們透過肉體獲得了解放的自由。他們不說對他人的渴望會讓我們超越自我，讓自己比所有神聖的事物更潔淨。

我們是冷淡的人，我們對自由的渴求就是對愛的渴求。如果擁有去愛的勇氣，我們就不會如此重視這些戰爭相關的作為。

海鷗在我的窗邊鳴叫。我該餵食牠們，我為了能給牠們食物留下了早餐的麵包。

愛啊，他們說愛讓你成為奴隸，而激情是惡魔，已經太多人為愛迷失。我知道這話沒錯，但我也知道若是沒有愛，我們只能在人生的陰暗隧道中摸索，永遠見不到陽光。每次陷入愛河的我就像是初次在鏡子中看見了自己。我讚嘆地抬起手撫摸我的臉頰、我的脖子。原來這就是我。當我看著我自己，習慣了我自己，我就不怕去恨自己的某些部分，因為我想配得上擁有鏡子的那個人。

然後在第一次意識到自己時，我也意識到了這個世界，看見世界比我所想的還要豐富美麗。我就跟大多數人一樣享受炎熱的夜晚，食物的氣味，還有衝上天空的飛鳥，但我不是神祕主義者，也不是信仰天主的人，我沒有感受到曾在聖經中讀過的那種狂喜，我們確實知道這種出神狂喜存在，但只能扁平的存在於紙面。有時我們會試圖把這份出神狂喜翻過來看背面有什麼，而所有人對此都有故事可說，可能是關於一個女人、一間妓院、一次吸鴉片的夜晚，又或者是一場戰爭。我們對此感到恐懼。我們恐懼激情，嘲笑過多的愛，也嘲笑那些愛得太深的人。

但我們仍渴望能感受到。

我開始在這裡的花園工作。多年來從沒有人嘗試整理，不過有人告訴我若是風向正確，這裡的美好玫瑰香氣連在聖馬可廣場都能聞見。但現在只有一堆帶刺莖枝交纏在一起，就連鳥也不在這裡築巢。這是一個生命難以存活的所在，鹽分更讓人不知道該選擇種些什麼。

我夢到蒲公英。

我夢到遼闊的田野，田野中有各種花朵恣意蔓生。今天我把泥土從造景石周遭鏟開，再鏟了填回來整平土地。為什麼要在岩石上放造景石？我們已經看夠石頭了。

我會寫信請薇拉奈莉寄一些種子來。

現在回頭想想，要是波拿巴還沒跟約瑟芬離婚也太怪了，這樣天竺葵可能就永遠不會出現在法國，她也會忙於應付他，而不會有時間發展自己在植物學方面不容質疑的才華。他們說她已經為我們帶來超過一百種不同的植物，如果你向她提出要求，她還會不求回報地寄種子給你。

我會寫信請約瑟芬寄一些種子來。

我母親以前會把罌粟在我們的屋頂上曬乾，用花瓣落盡的蒴果重現出聖經裡的場景。我整理花園有一部分是為了她，她說這裡除了海以外實在太荒涼了。

我會為派翠克種一些草，也想為多米諾造墓碑，不會是那種能夠讓人辨識的墓碑，純粹是在經歷了長久的惡寒後，為他在溫暖的地方放一顆石頭。

至於我自己呢？

我會為自己種一棵柏樹，那棵柏樹會活得比我久。這就是我懷念田野的原因，因為那種未來和此刻共存的感覺。種下的植物某天或許就會意外茁壯；在你沒注意或想著些別的什麼的時候，或許哪裡就長出了一根莖枝，甚至是一棵樹。我喜歡知道有生命能活得比我更久，那是波拿巴永遠不可能理解的快樂。

這裡有一隻鳥，一隻沒有母親的小小鳥。我到處都帶著牠，牠總是坐在我的脖子上或耳後取暖。我餵牠牛奶和我趴在地上挖的蠕蟲，而昨天牠第一次起飛了。牠從我打算種下植物的地面飛起，停在一根玫瑰刺上。牠快樂歡唱，我伸出手指帶牠回家。到了晚上，牠睡在我房內的衣領盒裡。我不會給牠取名字。我不是亞當。

這不是個貧瘠的地方。薇拉奈莉這個人啊，她的才華是對所有事物至少看上兩眼，她讓我學會在最不可能的地方找到樂趣，也學會對顯而易見的事物感到驚奇。她有一種提振他人精神的小把戲，「你快看，」她會這樣說，並藉此為平凡的事物賦予生命，將其轉變為珍寶。她甚至能藉此把粗野的潑婦都給逗樂。

所以每天早上我從房間走到花園的旅程總是進行得很慢，我會用雙手感受牆壁，確認表面的觸感和質地。我小心翼翼地呼吸，嗅聞空氣的味道，等到太陽升起時就把臉轉過去，好讓太陽照亮我。

有天晚上我沒穿衣服在雨中跳舞。這是我沒做過的事，我從未感覺如同箭頭一樣的冰涼雨滴，以及皮膚因此經歷的改變。我曾在軍中被雨水浸濕過無數次，但從沒有自願淋過雨。

自願淋雨是件完全不同的事，但守衛們不這麼想。他們威脅要帶走我的鳥。

在花園的我有一把鏟子和一把草叉，但若是天氣不會太冷，我通常會用雙手挖土。我喜歡感受土壤，喜歡把土捏得又硬又緊或在指間搓碎。

這裡有時間讓人慢慢去愛。

走在水上那個男人要求我在花園裡設計一座池塘，這樣他才能練習。他是個英格蘭人。你還能指望什麼呢？

有名守衛很喜歡我。我沒問原因，我已經學會接受現實而不追根究柢。當我舞動著四肢在土裡亂挖，還用一種看似科學的方式隨意探索時，他心煩意亂地拿著鏟子跑來主動表示願意幫我。他尤其希望我能用鏟子。

他不明白我想要能夠自己去犯錯的自由。

「你這樣會永遠無法離開這裡，亨利，如果他們認為你還是瘋子的話。」為什麼我會想要出去？他們總是想著要出去，卻因此忽略了這裡有的一切。當日班守衛搭船離開，我不會呆站在那裡死瞪著看。我會好奇他們去了哪裡？過著怎麼樣的人生？但我不想跟他們交換。就算是在最陽光普照的日子，風逕自開心拍打著岩石時，他們灰敗的臉也顯得不快樂。

我還要去哪？我有一個房間、一座花園、有同伴，還有自己的時間。人們追求的也就莫過於此吧？

那麼愛呢？

我還愛著她。每天破曉時我都想起她，而當山茱萸在冬天轉紅時，我向那些花朵伸出雙手，想像那是她的髮絲。

我愛著她，那份愛不是幻想、不是神話，也不是我自行創造出來的生物。

她。那個不是我的人。之前的我發明出了波拿巴，正如他也發明出了我。

然而儘管她無法回報我，我對她的激情卻讓我明白了，發明出一個愛人跟陷入愛河的差別。

前者只跟你有關，後者是關於另一個人。

我收到一封來自約瑟芬的信。她還記得我，還想來這裡探望我，不過我不覺得這件事可能發生。她沒有因為這個地址起戒心，還回寄了很多種不同的種子，有些必須種植在玻璃保護的空間裡。我獲得了一些指示，其中有些還附上了插圖，不過我不知道該怎麼處理猴麵包樹。那種樹看來是倒著長的。

或許這裡正是最適合猴麵包樹的地方。

他們說在恐怖統治時期，約瑟芬身處卡姆斯那座髒污黏滑的監獄等死時，她和其他性格堅毅的女士們用雜草和蔓延在石牆上的地衣進行了園藝工作，想辦法給自己造出一個綠色角落，儘管稱不上花園，那片綠意仍為她們帶來安慰。這件事可能是真的，也可能不是真的。

但也沒差。

這個故事為我帶來了安慰。

在瘋人之城的水鄉之上，他們正在為聖誕節及新年做準備。除了歡慶聖子出生外，他們沒打算為聖誕節做太多活動，但打算辦一場新年遊船活動，而我能從房間窗口輕易看見那些裝飾華美的船隻。那些船上的燈火上下浮動，水面在閃耀的光芒下看起來像浮著一層油脂。整晚沒睡的我聆聽死者在岩石邊到處呻吟，雙眼望著眾多星子緩緩劃過天空。

到了午夜時分，鐘聲從他們的每座教堂傳來，那裡可至少有一百零七座教堂。我嘗試去數有多少聲音，但這是一座活生生的城市，就算今天算出有多少建築物，也無法保證明天會算出多少。

你不相信我？

自己去瞧瞧吧。

我們在聖塞沃羅這裡會舉行禮拜式，但現場就像聚集了一群食屍鬼，大部分住在這裡的病患都被綁上鍊子，剩下的人不是話語急促又含混，就是顯得躁動不安，因此真正想參加的人也不可能聽清楚彌撒的內容。我現在不會去了，那不是個適合沐浴神之光輝的地方。我寧願待在自己的房間望向窗外。去年薇拉奈莉有划船來，她儘可能靠近我之後放了煙火。其中一枚煙火在好高的地方爆炸，我幾乎能伸手碰到，第二枚爆炸時，我以為我會跟那些落下的光芒一起墜落後碰觸到她，再次碰觸到她。再一次，但就算再次靠近她又能有什麼差別呢？差別只有一個：一旦我開始哭就會永遠停不下來。

我重讀了我的筆記本後發現：

我說我愛上她了。這話是什麼意思？

意思是我憑著這份感受去檢視了未來和過去。那感覺就像開始用一種突然可以理解的外語書寫。她不透過語言向我解釋了我自己，但也像天才一樣不清楚自己做到了什麼。

我繼續寫，這樣我才總是有些什麼可以讀。

今晚結了一層霜，地面被照得燦亮，星星也因此顯得冷硬。等隔天早上去花園時，我會發現今天水澆太多的各處結了冰絲和碎冰。只有花園會像這樣冰凍起來，其他地方都太鹹了。

我可以看見船上的燈火，而身旁的派翠克可以直接看見聖馬可教堂。他的視力還是絕佳，特別是不再受到牆的阻隔之後。他向我描述了那些穿紅衣的輔祭男童、穿著金紅色長袍的主教，還有屋頂上那場恆久的善惡之戰。我所愛的壁畫屋頂啊。

自從我們在布洛涅上教會的那天，二十年過去了。

現在那些船都駛出去了，進入了潟湖，船頭貼上金箔，船上閃耀著勝利的燈火。彷彿一條發亮的緞帶，又像是新年的護身符。

我明年就會有紅玫瑰了。一整座森林般茂密的紅玫瑰。

在這塊岩石上？在這種氣候裡？

我在跟你說故事呢。相信我。

臉譜小說選 FR6582

激情

The Passion

原著作者　珍奈・溫特森 Jeanette Winterson
譯　　者　葉佳怡
書封設計　莊謹銘
責任編輯　廖培穎
行銷企畫　陳彩玉、楊凱雯
業　　務　陳紫晴、林佩瑜、葉晉源

出　　版　臉譜出版
發 行 人　涂玉雲
總 經 理　陳逸瑛
編輯總監　劉麗真
城邦文化事業股份有限公司
台北市民生東路二段141號5樓
電話：886-2-25007696　傳真：886-2-25001952

城邦讀書花園
www.cite.com.tw

發　　行　英屬蓋曼群島商家庭傳媒股份有限公司城邦分公司
台北市中山區民生東路141號11樓
客服專線：02-25007718；25007719
24小時傳真專線：02-25001990；25001991
服務時間：週一至週五上午09:30-12:00；下午13:30-17:00
劃撥帳號：19863813　戶名：書虫股份有限公司
讀者服務信箱：service@readingclub.com.tw
城邦網址：http://www.cite.com.tw

香港發行所　城邦（香港）出版集團有限公司
香港灣仔駱克道193號東超商業中心1樓
電話：852-25086231　傳真：852-25789337

馬新發行所　城邦（馬新）出版集團 Cite（M）Sdn. Bhd.
41, Jalan Radin Anum, Bandar Baru Sri Petaling,
57000 Kuala Lumpur, Malaysia.
電話：603-90563833　傳真：603-90576622
電子信箱：services@cite.my

一版一刷　2022年2月
I S B N　978-626-315-068-3

售價：380元
（本書如有缺頁、破損、倒裝，請寄回更換）

國家圖書館出版品預行編目資料

激情／珍奈・溫特森（Jeanette Winterson）著；葉佳怡譯．-- 一版．-- 臺北市：臉譜出版：英屬蓋曼群島商家庭傳媒股份有限公司城邦分公司發行, 2022.02
面；　公分．--（臉譜小說選；FR6582）
譯自：The passion
ISBN 978-626-315-068-3（平裝）

873.57　　110021024